KB137004

MAP OF TEENS
HAPPY TRAVEL
BUS STOP!
Map of Teens
MT 영어영문학

나의 미래 공부 07

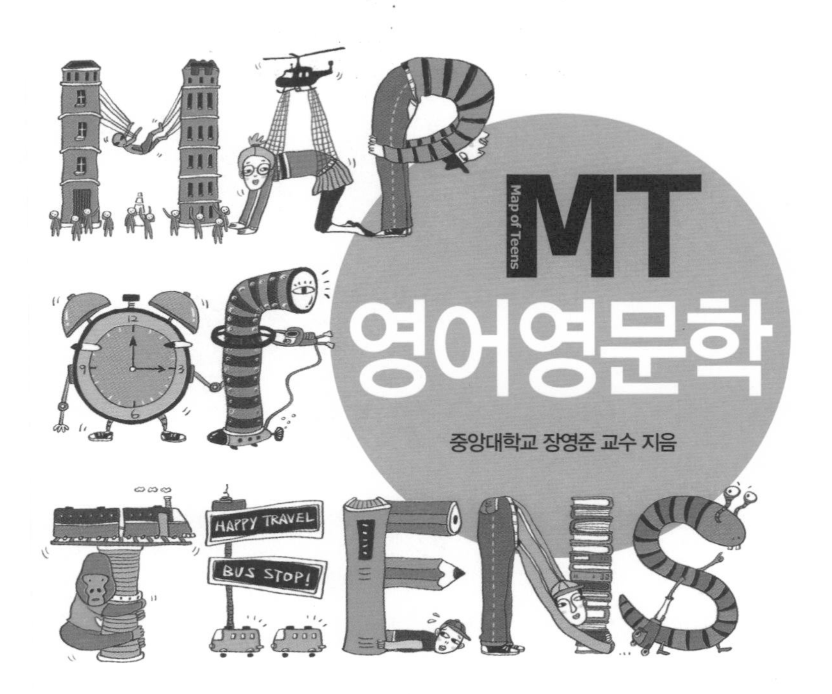

Map of Teens

MT 영어영문학

중앙대학교 장영준 교수 지음

청어람장서가

시리즈를 발간하며

대학입시에 대한 관심이 우리나라처럼 높은 곳도 없을 것이다. 하지만 대학에 대한 많은 관심에도 불구하고, 막상 대학에 가서 무엇을 배우는지에 대해서는 학생과 학부모 모두 구체적으로 모르고 있는 것 같다. 이는 대학교육의 실질적 내용보다는 대학졸업장 취득여부에만 큰 관심을 기울이는 세태의 반영일 수도 있지만, '대학 가는 것'을 인생의 중요한 목표로 삼고 있는 중 · 고등학생들에게 대학의 교육내용을 쉽고 친절하게 설명해 주는 자료가 없었기 때문일 것이다.

〈나의 미래 공부〉시리즈 Map of Teens는 중 · 고등학생들의 후회 없는 선택과 성공적인 공부를 위해 기획되었다. 자신의 삶을 크게 테두리 지을 대학의 각 분야별 공부가 구체적으로 어떤 것인지 스스로 읽고 판단하는 데 도움이 될 것이다. 이것이 내가 정말로 하고 싶은 것인지, 잘 할 수 있을 것인지를 스스로 또는 부모님, 선생님과 함께 고민하고 결정할 수 있게 만들어 줄 것이다. 아직 자신의 적성을 모른다면, 이 시리즈에 포함된 다양한 공부의 길들을 비교해보면서 역으로 자신의 흥미와 열정을 발견할 수도 있을 것이다.

대학의 다양한 학문들이 무엇을 배우고 연구하는지를 아는 것은 단지 '나의 선택' 만을 위해 중요한 것은 아니다. 사회의 다른 구성원들이 무엇을 공부하는지 아는 것도 매우 중요한 일이다. 사회의 범위가 지구촌으로 확대되고 있는 지금, 나의 이웃들이 무엇에 관심을 가지고 공부하고 있는가를 아는 것은 우리 모두의 공동 번영을 위해 필수적일 수밖에 없다. 이런 경향을 반영하듯 각 학문들은 서로의 분야를 넘나들며 융합되고 있고, 대학에서 한 가지 전공만을 공부한다는 것은 이제 지난날의 일이 되었다. 사회에서 요구하는 인재상도 멀티플전공으로 바뀌고 있다. 우리가 자신만의 전문성을 가지되 다양하고 폭넓은 공부를 해야 되는 이유가 여기에 있다.

〈나의 미래 공부〉시리즈 Map of Teens는 이러한 시대적 요청에 충실하면서도, 수많은 학문들의 내용을 자세히 들여다 볼 시간이 없는 독자들을 위해 각 분야의 핵심을 한눈에 알아볼 수 있도록 요약하려고 노력하였다. 여기에는 각 해당 분야 전공자들의 많은 노력이 숨어 있다. 오랜 시간 축적돼온 각 학문의 내용들과 새롭게 추가되는 연구 성과들을 가능하면 우리 실생활과 연관시켜 쉽고 재미있게 설명하기 위해 고심한 필자들의 노고에 감사드린다. 이 시리즈가 중 · 고등학생들이 미래를 찾아가는 학문 여행에 꼭 필요한 지도가 되길 바라며, '나만의 미래 공부' 를 찾아 여행을 떠나보자.

2008년 5월

시리즈 기획위

국문학 | 영문학 | 중문학 | 일문학 | 문헌정보학 | 문화학 | 종교학 | 철학 | 역사학 | 문예창작학

ONE! ZERO! TWO

여행을 떠나기 전 학과 지도를 펼쳐보자

세상은 넓고 학과는 많다.
학과에 대한 호기심과 나에 대해 알아보려는 의지만 있으면 여행 준비 끝!
자, 이제부터 나의 미래를 찾기 위해 힘차게 떠나보자!
놀라운 학과 세계와 지적 모험이 여러분을 기다리고 있을 것이다.

심리학 | 언론홍보학 | 정치외교학 | 사회학 | 행정학 | 사회복지학 | 부동산학 | 경영학 | 경제학 | 관광학 | 무역학 | 법학 | 행정학

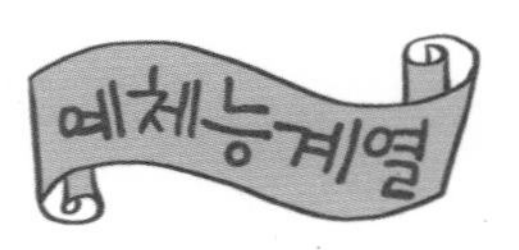

영화학 | 음악학 | 디자인학 | 사진학 | 무용학 | 조형학 | 공예학 | 체육학

교육학 | 교육공학 | 유아교육학 | 특수교육학 | 초등교육학 | 언어교육학 | 사회교육학 | 공학교육학 | 예체능교육학

생명공학 | 기계공학 | 전기공학 | 컴퓨터공학 | 신소재공학 | 항공우주공학 | 건축학 | 조경학 | 토목공학 | 제어계측학 | 자동차학 | 안경광학 | 에너지공학 | 환경공학 | 화학공학

의학 | 한의학 | 약학 | 수의학 | 치의학 | 간호학 | 보건학 | 재활학

물리학 | 화학 | 천문학 | 수학 | 통계학 | 식품영양학 | 의류학 | 지리학 | 생명과학 | 환경과학 | 원예학

Prologue

누구나 알고 있는 것보다 더 심오한 영문학 세계로의 초대

영어영문학은 소개가 필요할까? 답은 '예'와 '아니요'이다. 답이 '아니요'인 이유는 영어영문학에 대해 우리 모두가 익숙하기 때문이다. 답이 '예'인 이유는 그럼에도 불구하고 영어영문학에 대해 사실은 잘 모르기 때문이다. 나는 중학교에서부터 영어에 매력을 느낀 후 지금까지 영어와 함께 살아오고 있으니까 햇수로만 따지면 어언 30여 년 동안 영어를 해온 셈이다. 중고등학교 시절에는 영어노래를 들으며 즐거움을 느꼈고, 대학교 시절에는 영어책이나 영어 영화를 보면서 새로운 세계를 꿈꾸었다. 유학을 가서는 영어를 사용하는 사람들과 더불어 언어에 대해, 세상에 대해, 사람에 대해 공부를 했고, 지금은 영문과에서 영어학을 가르치며 삶의 보람을 찾고 있다. 영어영문학은 과연 무엇일까? 그것은 우선 직업이다. 영어, 영어학, 영문학은 모두 우리 사회에서 일자리를 창출하는 데 매우 큰 공을 세운다. 영어교육, 언론, 광고, 무역, 번역 등 영어를 제외하고 생각할 수 있는 분야는 그리 많지 않다. 영어영문학은 철학이다. 우리의 삶이 팟팟하게 풀려갈 때 우리는 철학에 눈을 뜬다. '삶의 의미는 무엇일까? 나는 누구인가?' 뭐 그런 것들 말이다. 영어영문학은 수많은 작품과 인물들을 통해 그러한 질문들에 답할 수 있다. 영문학에는 셰익스피어만 있는 것이 아니다. 초서, 엘리엇, 헤밍웨이 등 수많은 작가들이 고유의 목소리로 우리의 심금을 울리는 주옥같은 작품들을 준비해 두었다.

영어영문학과는 물론 어학이나 문학만 배우는 곳은 아니다. 영어로 말하고, 쓰고, 읽고, 듣는 기능을 배우는 곳이기도 하다. 전 세계의 권위 있는 학술지, 학술서들이 영어로 되어있고, 인터넷, 신문, 방송 등이 영어를 사용하며, 세계 인구의 약 10억 명이 영어를 사용하는 상황에서 영어가 얼마나 중요한지를 묻는 것은 불필요하다.

영어영문학은 미래의 준비를 위한 적절한 훈련 장소이다. 영국, 미국, 캐나다, 호주 등 영어를 모국어로 사용하는 나라들의 정치, 경제, 문화를 영어로 읽음으로써 조금의 지적 누수도 없이 있는 그대로의 지역학적 지식을 쌓을 수 있다. 통번역 연습을 통하여 정보들이 어떻게 누락되거나 더해지는지를 직접 경험할 수 있다. 토론과 논쟁을 통하여 서구식 사고방식을 경험하며 미래의 준비를 할 수 있다.

모두가 잘 알고 있는 것 같지만, 사실은 그렇지 않은 낯익은 주제에 대해 이 책은 청소년들에게 훌륭한 길잡이가 될 것으로 기대된다. 편집부의 참신한 아이디어와 깔끔한 디자인으로 인해 책이 한결 아름답게 만들어진 데 대해 고마움을 표한다.

2008년 6월

저자 장영준

CONTENTS

영어영문학 여행을 위한 간단한 안내서

미리 보는 대학공부, 영문과 원정기

교수님과 함께 떠나는 영어영문학 여행

영어영문학 미래를 상상하다

PART 05

영문과를 졸업하면 어떤 일을 할까?

1. 영문과, 영어를 잘하기 위해 가는 곳일까?

2. 국제화시대, 완전 필요한 영어

3. 영어영문학, 비밀을 벗겨라!

4. 영문과에서는 무엇을 배울까?

영어영문학 여행을 위한 간단한 안내서

영문과, 영어를 잘하기 위해 가는 곳일까?

영어영문학과를 굳이 소개할 필요가 있을까? '영어 배우는 곳 아니야?' 뭐 이런 생각들을 할 것이다. '영문과면 영어 잘하겠네요' 하는 것도 상투적으로 듣는 말이다.

정말 사람들은 영문과에 대해 잘 알고 있는 것일까? '충분히' 잘 알고 있을까? 그렇게 생각되지 않는다. 나만 하더라도 사람들이 전공이 뭐냐고 물어서 언어학이라고 대답하면, 대뜸 묻는 말이 "외국어를 몇 가지나 하세요?"이다. 언어학을 공부하면 언어를 잘 구사해야 한다는 것이 일반 사람들의 소박한 생각이다.

언어학을 전공하면 언어를 많이 할 줄 알아야 할까? 뭐 그럴 수도 있고, 그렇지 않을 수도 있다. 언어를 잘 구사하는 사람을 폴리글로트(polyglot)라고 하는데 이들이 다 언어학자인 것은 아니다. 우주를 가보아야 우주학자가 되는 것이 아니고, 미국을 가보아야 미국전문가가 아니듯, 언어를 많이 할 수 있고 없고는 언어학과와 직접적인 관계가 없다.

영어를 전공한다는 것은 이것과는 좀 다르지만, 영문과에서 영어를 잘하게 하는 법만 배우는 것은 아니다. 반대로 영문과를 나오지 않아도 영어를 잘하는 사람들은 얼마든지 있다. 미국에 약 2억 5,000, 중국에 약 3억, 영국에 약 7,000만 등 전 세계에 영어를 구사할 수 있는 사람은 약 16억 명으로 알려져 있다. 학자에 따라 다소 숫자에 차이가 있기는 하지만 말이다.

그렇다면 영문과를 다니면 뭘 잘하게 될까? 영문과를 나오면 어떤 일을 할 수 있을까? 혹시 내가 충분히 알아보지도 않고, 피상적으로 판단하고 있는 것은 아닐까?

자, 이런 궁금증들을 해소하기 위해 영어영문학 여행을 떠나보자. 영문과는 단지 영어를 배운다는 소박한 생각이 방해할 수 있는 상상의 제약을 풀어내 보자.

국제화시대, 완전 필요한 영어

영어! 그리고 영문과! 대한민국에서 가장 널리 알려진 학과를 고른다면 아마도 많은 사람들이 영어영문학과를 고를 것이다. 그것은 영어영문학이 다른 학과나 학문에 비해 훌륭하거나 멋지거나 혹은 가치가 있어서가 아니다.

영어가 현실적으로 우리의 삶에 많은 영향을 끼치기 때문이다. 영어를 전공으로 공부하지 않더라도 영어를 공부하지 않을 수 없는 사회 속에 살고 있기 때문이다. 기계공학을 공부하든, 법학을 공부하든 영어는 어느 정도 수준까지 필수적으로 공부해야 하는 시대에 살고 있다. 영어 수험서 한 권쯤 가지고 있지 않은 대한민국 대학생을 찾기란 쉽지 않다. 대학생인지 아닌지 알 수 있는 간단한 질문은 토익이 무엇인지 물어보는 것이다. 토플이 무엇인지, 토익이 무엇인지 모르는 대학생은 거의 없다.

우리는 영어를 한 나라의 언어로 인식하는 것이 아니라 국제어, 세계어로 간주하고 있다. 다시 말해 영어는 미국과 영국의 언어가 아니라 세계어이기 때문에 세계적인 활동을 하기 위해서는 영어를 공부할 수밖에 없다.

영어를 잘하는 사람들이 대우받는 시대가 되면서 영어를 공용어로 채택해야 한다고 주장하는 사람들도 생겨나고, 실제로 한국어와 더불어 영어를 함께 사용하는 지역이 생겨나기도 했다. 제주특별자치도나 인천경제특구는 영어를 상용어로 사용하는 지역으로 선포되었고 현재 그런 방향으로 정책들이 진행되고 있다. 놀라운 변화가 아닐 수 없다.

물론 우리 국민 모두가 영어를 잘할 필요는 없을 것이다. 영어를 사용하지 않는 분야에서 일하는 사람들은 굳이 영어를 배울 이유가 없다. 그런데 문제는 영어를 잘하지 못할 경우 사회적 경쟁에서 불리한 입장에 놓일 가능성이 있다는 점이다.

영어영문학, 비밀을 벗겨라!

영어영문학과에서는 도대체 무엇을 배우는 것일까? 누구나 영어를 잘하게 되고, 어떤 분야든지 국제적인 활동을 위해서 영어를 필수적으로 습득해야 한다면, 영어영문학과에서 배우는 것은 무엇인가? 또 영어교육학과에서는 무엇을 배울까? 대학을 진학하고자 하는 중고등학생이라면 대학에서 무엇을 공부해야 하는지 궁금해한 적이 있을 것이다. 어떤 학생들은 미리미리 필요한 정보들을 입수하여 어떤 전공이 있고 자신은 어떤 전공을 좋아하는지를 파악하여 그러한 방향으로 진로를 탐색하기도 한다. 그러나 많은 학생들은 내가 중고등학생 시절 그러했듯이 대학에서 어떤 공부를 하는지 아무런 정보도 없이 막무가내로 전공을 선택하기도 한다. 물론 대학에 진학할 무렵이면 진학상담 선생님이나 주변의 선배와 친지들로부터 도움을 얻을 수 있다. 그것도 한 방법이다.

자, 학생들을 위해 내가 전공하고 있는 영어영문학에 대해 정보를 제공해 보겠다.

우선 제목에 대한 이야기부터 해보자. 다른 전공의 이름들은 대개 단순해 보인다. 예를 들면 미술, 음악, 수학, 물리, 생물 등은 이름만 들어도 무엇을 연구하는 학문인지 쉽게 짐작할 수 있다. 영어영문학은 어떨까? 또 국어국문학은 어떨까? 어문학의 경우, 재미있게도 우리나라에서는 거의 예외 없이 국어국문학, 영어영문학, 불어불문학 등으로 명칭이 정해져 있다. 영어라는 언어를 중심으로 말하자면, 영어를 언어라는 관점에서 보는 영어학, 영어로 이루어진 문학을 공부하는 영문학, 영어를 가르치는 교사를 배출하는 영어교육학, 영어를 우리말로 통역하거나 번역하는 영어통번역학 등이 있다. 적어도 이 네 가지는 영어를 매개체로 한다는 점에서 공통점이 있지만, 세부적으로 들어가면 연구대상이 판이하게 다르다는 차이점도 있다. 이 책에서는 바로 이러한 공통점과 차이점들을 염두에 두고 영어와 관련된 학과들에서 어떤 내용을 공부하는지 설명할 것이다.

영어영문학과 영어교육학은 다음과 같이 이루어졌다고 할 수 있다.

영어	영어학	영문학	통번역학	영어교육학	영미지역학

그러면 왜 영어학과, 영문학, 그리고 통번역학이 함께 묶이고, 영어교

육학은 분리되어 있을까? 그것은 학문적인 이유라기보다는 대학의 구성에 관한 학문 외적 요인 때문이라고 볼 수 있다. 우리나라의 대학제도는 전반적으로 일본의 대학제도를 모방했다고 볼 수 있다. 일본의 대학들은 대개 어학과 문학을 함께 묶어 어문학과를 구성했다. 따라서 영어를 공부하는 학과는 영어영문학과와 같은 이름을 가지게 되었다. 최근에는 일본의 대학들이 구조나 이름을 바꾸기도 하여 일률적으로 영어영문학과와 같은 이름을 가지고 있지는 않다.

최근 우리나라에서도 영어학과, 영문학과, 영어문화학과, 영미지역학과 등 다양한 이름들이 생겨나고 있다. 한국외국어대학교나 중앙대학교의 안성캠퍼스에는 영어학과가 개설되어 있다. 연세대학교는 사범대학이 없는 관계로 영어교육학과라는 이름이 존재하지 않는다. 이렇게 각 대학은 여건과 구조에 따라 전공들을 함께 묶거나 분리해서 제공하며 대학에 따라 강조하는 분야가 서로 다르다.

영문과에서는 무엇을 배울까?

영어를 자유롭게 구사할 수 있는 기본능력 갖추기!

먼저 영어 관련 학과는 영어라는 언어를 도구로서 사용할 수 있는 능력을 배양하는 데 초점을 둔다. 대학에서 영어를 배우기 위해서는 영어영문학과뿐 아니라 교양학부, 언어교육원과 같은 여러 기관이 있기 때문에 영어영문학에 소속되지 않은 학생들도 다양한 방법을 통해 영어를 배울 수 있다. 영어영문학과와 영어교육학과에서도 우선적으로 학생들이 영어를 읽고, 쓰고, 말하고, 들을 수 있도록 하는 것을 기본적인 목표로 하고 있다. 쉽게 말해 영어를 잘하려면 영어영문학과를 가는 것이 가장 손쉬운 방법일 것이다. 영어영문학과에는 영어를 모국어로 사용하는 교수진뿐 아니라 영어권에 유학한 교수들이 많기 때문이다. 최근에는 각 대학들이 영어 관련 학과가 아니더라도 영어강의를 개설하여 학생들을 국제적 소통능력을 갖춘 전문 지식인으로 육성하는 경향이 있다. 영어영문학과로 진학하지 않더라도 영어를 잘해야 한다는 반증이기도 하다.

도구로서의 영어란 어떤 것일까? 대학 졸업자로서 영어를 구사할 수 있다는 말은, 한국어를 아무런 불편 없이 사용하는 것처럼 영어를 사용할 수 있다는 것을 말한다. 즉 영어를 듣고, 말하고, 읽고, 쓰는 것이 불편하지 않아야 한다는 것이다. 중고등학교에서도 영어의 네 가지 기능을 종합적으로 활용할 수 있도록 교육하고 있다. 그리고 대학에서는 이를 좀 더 심화시키고, 폭을 넓게 한다고 볼 수 있다. 대학에서는 듣기, 말하기, 읽기, 쓰기라는 네 가지 기능에 따른 영어 학습과 더불어 영어회화, 영어발표, 영어토론과 같이 세분하여 영어를 배우기도 한다.

도구로서의 영어

듣기 말하기 읽기 쓰기

한마디로 언어생활의 모든 면에 걸쳐서 영어를 사용할 수 있도록 하려는 것이 도구로서의 영어능력이라 하겠다. 사람들이 일반적으로 어학능력이니, 외국어 실력이니 혹은 영어의 달인이라고 하는 말들은 모두 영어를 도구로 하여 어려움 없이 의사소통을 할 수 있는 능력을 말하는 것이다.

그러나 여기서 한 가지 주의할 것이 있다. 사회에서는 생활영어를 활

용할 줄 알고, 일상생활에서 영어를 사용할 수 있는 능력이 있으면 영어를 대단히 잘하는 것으로, 혹은 영어 공부를 다 한 것으로 생각하는 경향이 있다. 그러나 이러한 생각은 대단히 잘못된 것이다. 이상적으로 말하자면, 일상생활에서 영어를 사용할 수 있는 정도의 영어능력은 중고등학교에서 갖추어야 한다. 그러한 능력을 갖춘 사람은 전 세계에 수억 명이 될 것이다. 굳이 학교를 다니지 않아도 영어로 일상생활을 영위하는 사람들은 미국에 2억 5,000만 명, 영국에 6,000만 명이 있다. 소위 영어를 모국어로 하는 사람들이면 누구나 영어로 일상생활을 영위하기 때문이다. 우리 학생들이 굳이 대학에 진학하여 도구로서의 영어 실력을 갖추고자 하는 것은 일상의 언어생활을 영어로 영위하기 위한 것이 아니다. 대학생으로서 갖추게 되는 전문지식을 영어로 표현하고, 또 그 반대로 영어를 통해 고급지식을 습득하고 활용하자는 데 그 목적이 있는 것이다. 생활영어가 아니라 전문지식을 영어로 습득하고 표현하는 것이 대학에서 배우게 되는 수단으로서의 영어라고 할 수 있다.

언어로서 영어에 대한 모든 것을 배우는 영어학

영어학이란 무엇일까? 우선 도구로서의 영어와 영어학은 다르다는 점을 언급해야겠다. 영어학을 공부한다는 것이 곧 영어를 잘한다는 것이 아니라는 뜻이다. 나에게 전공이 뭐냐고 묻는 많은 사람들은 언어학이 전공이라는 나의 대답에 우선 감탄조로 '얼마나 많은 언어를 구사할 수 있느냐' 고 묻곤 한다. 언어학을 연구하니까 많은 언어를 구사할 수 있을 것이란 단순한 가정에서 이러한 질문이 나오는 것이다. 물론 많은 언어를 구사하는 언어학자들도 있다. 언어학자는 아니지만 많은 외국어를 구사하는 사람들도 있다. 심지어 언어학적 조사연구에 의하면 지능지수가 60에서 70 사이인 크리스토퍼라는 사람은 데인어, 덴마크어, 독일어, 프랑스어, 이태리어, 포르투갈어, 스페인어, 폴란드어, 핀란드어, 그리스어, 힌두어, 터키어, 웨일즈어 등 수십 가지 언어를 구사할 수 있었다고 한다.

언어학자는 언어를 구사하는 사람이 아니라 언어를 연구하는 사람이다. 우리가 물이 아니면서 물을 연구할 수 있는 것처럼, 언어를 구사하지 못하지만 언어를 연구하는 것은 있을 수 있는 일이다. 미국 매사추세츠 공과대학(MIT)의 언어학과 교수였던 켄 헤일 교수는 수십 가지 언어를 구사하는 언어학자로 유명하다.

영어학을 연구하는 사람은 영어를 잘 구사할 수도 있고, 그렇지 않을 수도 있다. 대학의 영어영문학과에서 영어학을 공부한다는 말은 바로 이런 의미에서 영어에 대해 공부한다는 의미이다. 물론 영어영

문학과에서는 기본적으로 도구로서의 영어를 가르치기 때문에 영어학을 공부하는 학생들은 당연히 영어를 구사할 수 있는 것으로 간주된다. 도구로서의 영어와 별개로 영어학은 영어를 연구하는 학문이다. 그럼, 무엇을 연구할까? 영어의 여러 가지 측면에 대해 연구한다. 이를테면 영어라는 언어는 어떻게 생겨났는지, 영어는 누가 사용하는지, 영어를 쉽게 가르치고 배우는 방법은 무엇인지에 대해 공부한다. 영어학은 또 영어라는 언어가 어떤 음을 사용하는지, 단어들은 어떻게 구성되어 있는지, 영어의 문장들은 어떤 규칙을 가지고 있는지, 영어라는 언어는 의미관계가 어떠한지 등에 관해 공부한다. 이를 간단히 말하면 다음과 같다.

영어학의 연구 분야

음의 연구	단어의 연구	문장의 연구	의미의 연구	문장사용의 연구	영어역사의 연구

영어학은 이 밖에도 영어의 다양한 측면에 대해 연구한다. 문학 작품에 나타난 영어학적 특질을 살펴보는 문체론도 있고, 영어라는 언어가 가지는 정치, 사회적 측면을 연구하는 사회언어학도 있다. 또 영어가 실제로 사용된 자료를 이용하여 영어를 연구하는 코퍼스(corpus) 언어학도 있다.

문학을 통해 세상을 배우는 영문학

영문학이란 무엇일까? 영문학이라고 하면 여러분의 머릿속에 떠오르는 것은 무엇인가? 셰익스피어? 헤밍웨이? 아니면 토니 모리슨? 이들은 모두 저명한 영문학 작가들이다. 뒤의 두 사람은 노벨 문학상을 탄 미국의 작가들이고, 앞의 셰익스피어는 노벨 문학상을 타지는 않았지만 영문학사에서 빼놓을 수 없는 저명한 작가이다. 만약 알프레드 노벨이 좀 더 일찍 태어났거나 셰익스피어가 노벨보다 늦게 태어났더라면 틀림없이 노벨 문학상을 받을 수 있지 않았을까.

영문학이란 영국과 미국, 호주에서 쓰인 문학 작품을 말한다. 영문학의 범위가 어디까지인지에 대해서는 학자에 따라서 다르다. 영어로 쓰인 모든 작품을 영문학이라고 하는지, 영어를 모국어로 하는 국가에서 만들어진 문학 작품을 영문학이라고 하는지에 대해 합의된 견해는 없는 것 같다. 영문학은 바로 이러한 문학 작품들을 연구하는 분야이다. 영문학에서는 영시, 영소설, 영희곡, 영산문, 영어 패러디 등 여러 장르의 영문학 작품을 읽고, 분석하고, 비평을 한다.

최근에는 동서양을 막론하고 문화에 대한 관심이 높아져서 영문학과 더불어 영미 문화에 대한 연구도 활발히 이뤄지고 있다. 문학도 문화의 일부로 본다면, 문화연구는 글로 쓰인 문학 작품을 연구하는 일 외에도 영미권의 정치, 사회, 문화, 제도, 관습, 교육 등을 포함하는 전

방위적 연구로 이어지고 있다. 일부 대학에서는 학과의 이름을 영어 문화학과라 고치기도 했는데, 이는 문화와 지역학 연구를 강조하고자 하는 목적 때문일 것이다. 미국의 많은 대학들이 '언어와 문화학과' 라는 이름을 가지고 있는 것과 유사한 맥락이다.

영문학을 공부한다는 것은 어떤 의미가 있을까? 문학은 흔히들 간접경험이라고 한다. 영문학을 연구하는 것은 앞에서 말한 것처럼 여러 장르의 문학 작품을 읽고, 분석하고, 비평하는 것이지만, 또한 문학 작품을 읽음으로써 다양한 간접경험을 하는 것을 의미하기도 한다.

물론 문학 작품을 읽고, 간접경험을 하는 것은 영문학 연구를 통해서만 할 수 있는 것은 아니다. 문학을 연구하지 않는 사람들도 작품을 읽고 향유할 수 있기 때문이다. 따라서 대학에 진학하여 문학을 전공하지 않더라도 문학 작품을 읽는 것은 꼭 필요한 일이다.

언어의 장벽을 허물어 주는 통번역

영어영문학과에서는 통번역에 대해서도 공부할 수 있다. 물론 영어를 한국어로 혹은 한국어를 영어로 옮기는 통역이나 번역을 말한다. 통번역의 역사는 오래되지 않았다. 전통적으로는 영어학과 영문학을 가르치고 배우는 것이 영어영문학과의 본령처럼 여겨졌으나 최근 들어서는 통역과 번역에 대한 사회적 수요가 많아짐으로써 이 분야의 연구도 깊이 있게 이루어지고 있다. 아직은 심층적 연구를 수행하는 대학원에서 통번역학이 이루어지고 있지만, 대학에서도 기본적인 통역이나 번역 과목을 가르치는 경우가 많아지고 있다.

통역이나 번역은 우선 해당 언어를 구사할 수 있어야 할 뿐 아니라, 해당 언어가 속하는 문화에 대한 지식도 겸비하고 있어야 한다. 예를 들면 영어를 한국어로 번역하는 경우, 영어와 한국어를 모두 알고 있지 못하면 작업에 어려움이 있다. 흔히들 영어만 잘하면 한국어로 번역하는 일은 쉬울 것이라 생각하지만 그건 잘못된 생각이다.

통역이나 번역을 염두에 두고 있는 사람은 한국어에 대한 지식도 갖추고 있어야 상황에 맞게 효과적으로 일을 수행할 수 있다. 한국어에 대한 폭넓은 이해와 지식이 없다면 아무리 영어를 잘 알고 있다 하더라도 그것을 어떻게 한국어로 옮길 수 있겠는가. 이러한 상황은 마치 한국어를 잘 모르는 해외 교포들이 종종 영어는 이해를 하지만 한국어로 옮기지 못하는 경우와 같다.

또한 언어에 대한 지식과 언어구사력만 가지고 있다고 해서 통역이나 번역을 잘할 수 있는 것은 아니다. 해당 분야에 대한 광범위한 지식을 가지고 있어야 한다. 예를 들어 헤밍웨이의 〈노인과 바다〉를 한국어로

번역한다고 하자. 해양소설인 이 작품을 잘 번역하기 위해서는 바다와 미국 문화에 관한 기초적인 지식을 가지고 있어야 한다. 그렇지 않고서는 효과적으로 번역하기가 쉽지 않다.

그 밖에 무엇을 배울까?

이 외에도 연구하는 분야는 다양하다. 디지털 혁명 이후에 전자 형태로 저장된 문헌자료를 통해 언어를 분석하는 코퍼스 언어학을 이용해 영어의 여러 가지 특징을 밝히는 학문 분야가 최근에는 각광을 받고 있다.

또 언어현상을 인지과정의 일부로 파악하는 인지언어학 역시 영어를 이용하여 연구할 수 있다. 문학 작품에 나타나는 은유법이 언어에서뿐만 아니라 우리의 실생활에서도 나타나는 현상을 파악하는 것으로 볼 수 있다. 예를 들면 '죽음'을 '여행'으로 간주하는 것은 문학적, 언어학적 은유이다. 그런데 우리의 실제 삶에서도 죽음을 여행으로 간주하기 때문에 장례를 치를 때 죽은 사람의 관에 노잣돈을 함께 묻는다.

이러한 현상들을 연구하는 인지언어학을 영어에 적용하는 것은 넓은 의미에서 영어학이라고 볼 수도 있고, 영어학과는 별개의 새로운 학문 분야로도 볼 수 있다.

휴렛패커드라는 세계적인 기업의 최고경영자를 지냈고 최근에는 미국의 부통령 후보로 오르내리는 칼리 피오리나는 경제학이나 경영학이 아닌 중세학을 전공하였다. 인문학적 상상력과 소양이 경영 세계에서도 필요함을 보여주는 사례로 자주 언급된다.

영문학은 인문학의 분과이면서 영미권의 문화를 함께 보여준다는 점에서 매우 중요한 학문이라고 할 수 있다. 또한 이러한 문학 작품을 한국어로 옮기는 번역은 사회적으로도 매우 필요한 작업이다. 그런 점에서 영어를 매개로 한 영어학, 영문학, 영어통번역, 영어교육은 우리 사회에 몰아치는 영어 광풍과 상관없이 꼭 필요한 학문 분야가 아닐 수 없다.

영문과에 대한 편견과 오해

단지 영어만을 잘하기 위한 전공은 아니다!

영어학을 연구하는 사람은 영어를 잘할까? 영문학을 연구하는 사람은 영어로 문학 작품을 쓸까? 나는 사람들로부터 이러한 질문을 많이 받는다. 대답은 '예' 이면서 '아니요' 다. 아니, 그럼 영어도 못하면서 영어학을 한단 말이야 하고 생각할지도 모르겠다. 그게 아니라 영어학과 영어능력은 본질적인 관계가 없다는 말이다. 이는 마치 체육학을 연구하는 사람이 야구선수나 농구선수일 필요가 없고, 음악학을 연구하는 사람이 반드시 피아니스트일 필요가 없는 것과 같은 이유이다. 어떤 사람은 영어를 잘해서 영어학을 연구하게 되었을 수도 있고, 반대로 영어학을 연구하다 보니까 영어를 잘하게 되었을 수도 있다.

그럼 '영어를 잘한다' 는 의미는 무엇일까? 아주 유명한 이야기가 있다. 내가 공부한 하버드 대학 언어학과에 세계적으로 매우 유명한 학자가 있었다. 나의 은사님이기도 하셨던 그분은 늦깎이에 유학을 하셨는데, 유학 당시에 이미 유명해서 그분이 미국에 도착할 무렵 기자들이 인터뷰를 위해 기다리고 있었다고 한다. 그런데 막상 교수님이 공항에 도착하여 기자회견을 하게 되자 많은 기자들이 놀랐단다. 이유인즉 그분의 영어발음이 너무나 나빠서 거의 알아들을 수 없었다

지식 TONG!

는 것이다. 그렇지만 그분은 입학한 지 2년도 안 되어 졸업을 했고, 다른 입학 동기들이 시험 준비를 하는 동안 교수가 되는 전무후무한 기록을 세웠다. 언어능력과 지적능력 혹은 언어와 전문 연구 분야는 본질적인 관계가 없다는 사실을 보여주는 사례이다.

영문학을 연구하면서 영어로 문학 작품을 쓰는 분들도 물론 있다. 그러한 학자들은 학문적 노력과 개인적 글쓰기를 병행한 경우라고 할 수 있다. 그러나 일반적으로 영문학을 연구한다는 말의 의미는 영문학 작품을 분석하여 숨겨진 의미를 찾아내고, 비평한다는 의미이지 영문학 작품을 직접 생산한다는 의미는 아니다.

그럼, 영문학 작품을 실제로 쓰고 싶은 사람은 영어영문학과로 진학해야 할까? 그렇게 하는 것이 도움이 될 것이다. 물론 문예창작학과로 진학하는 것도 도움이 될 것이다. 그러나 글을 쓰는 행위와 학문을 하는 행위가 꼭 일치하는 것은 아니기 때문에 단지 영어로 문학 작품을 쓰기 위해 영어영문학과에 진학할 이유는 없다. 대학을 가지 않고도 저명한 영문학 작가가 된 사람들이 너무나 많기 때문이다. 예를 들면, 셰익스피어나 조앤 롤링은 영어영문학과를 졸업하지 않았지만 탁월한 영문학 작품을 쓸 수 있었다.

CAN

1. 영문학도가 되기 위한 미션!

2. 글로벌 인재 만들기 프로젝트

3. 영문과 1학년 수업 엿보기

4. 영어학과 영문학은 어떻게 발전해 왔을까?

미리 보는 대학공부, 영문과 원정기

영문학도가 되기 위한 미션!

영문과에 가려면 영어를 잘해야 하죠? 얼마나 잘해야 돼요? 가끔 고등학생들로부터 받는 질문이다. 영어를 잘하는 학생이 영문과에 진학해야 하는지 아니면 영어는 못하지만 열심히 배워서 잘하려는 학생이 영문과에 와야 하는지는 분명하지 않다. 학생 입장에서는 대학에 와서 영어를 배우는 것이 정상이고, 교수의 입장에서는 이미 영어를 잘하는 학생이 오는 것이 좋을 것이다. 그러나 기본적으로는 잠재적 능력이 뛰어난 사람이 영문과에 오는 것이 가장 좋다. 모든 학과가 그렇지만 잠재적 능력이 뛰어난 사람만이 발전 가능성이 있기 때문이다. 이미 외국에서 영어로 공부한 학생들이 영문과에 진학하는 경우가 많은데 그들이 모두 잘하는 것은 아니다. 남들보다 영어를 좀 더 잘하긴 하지만 대학 4년 후에도 잘한다고 볼 수 없는 경우도 많기 때문이다.

'영문과에 진학하려는데 어떤 준비를 해야 하는가' 하는 질문도 종종

받는다. 그럴 때마다 요즘 학생들이 참으로 똑똑하다는 생각을 하게 된다. 자신의 장래에 대해 어쩜 그렇게도 똑 부러지는 계획을 가지고 있을까? 어쩜 그렇게 많이 알고 있을까? 나는 대학에 진학할 무렵 영문과가 있다는 것만 겨우 알았지, 무엇을 준비하거나 준비해야 한다고 생각해 본 적은 없다. 그냥 영어가 좋으니까 영문과를 간다는 단순한 생각만 가지고 있었다.

영어영문학이나 영어교육학을 전공하기 위해서는 어떤 소양이나 적성을 갖추어야 할까? 이 질문에 답하기 위해서는 먼저 이 분야를 공부한 후 사회에서 어떤 기여를 하게 되는지를 생각해 볼 필요가 있다. 일반적으로 법학과를 졸업하면 법학 관련 분야에서 일을 하게 되고, 생물학과를 졸업하면 생물학 관련 분야에서 일을 하게 될 것이다. 영어영문학은 사회의 어떤 분야와 관련이 있을까? 이 점에 있어서는 영어영문학이 국어국문학이나 불어불문학과 크게 다르지 않다. 다시 말해 영어영문학이 순수학문으로서 사회에서 직접 활용되는 실용학문이 아니라는 것이다. 그러나 다른 어문학과 다른 점이 있다. 영어영문학은 우리 사회에서 수요가 많은 영어를 가르친다는 점이다.

영어영문학을 배우기 위해 특별한 소양이나 적성이 필요하지 않다고 말할 수 있는 이유가 여기에 있다. 오히려 적성이 없는 사람도 영어영문학을 공부함으로써 인문학적 소양을 갖추는 것이 필요하므로 굳이 어떤 소양과 적성을 갖추어야 한다고 말하는 것은 어폐가 있다. 다만 영어영문학을 평생의 업으로 삼고자 하는 학생들을 위해 소양과 적성 문제를 생각해 보자.

문학적 자질을 키우자!

먼저 영어영문학은 크게 자연과학이나 사회과학적 성격이 강한 영어학과 영어교육을 한편으로 하고, 인문학적 성격이 강한 영문학을 다른 한편으로 한다고 볼 수 있다. 따라서 문학적 자질을 타고난 사람이라면 영문학 분야와 잘 맞을 것으로 생각된다. 여기서 영문학이라 함은 국문학, 불문학, 러시아문학과 마찬가지로 문학 작품을 읽고, 감상하고, 분석하고, 비평하는 작업을 하게 된다. 차이점이 있다면 영어로 쓰인 문학 작품들을 주로 다룬다는 점이다.

예민한 관찰력과 논리적 사고력을 기르자!

영어학은 언어학의 일종이다. 영어라는 언어의 발음, 문법, 의미, 화용, 역사 등을 다루는 영어학 분야는 다분히 자연과학적 성격이 강하다. 수학이 고도로 추상화된 체계이듯이 영어학도 매우 추상적인 체계이다. 따라서 영어학을 공부하고자 하는 사람은 수학을 전

공할 때와 마찬가지로 논리적 사고, 추상화 능력, 예민한 관찰력 등이 필요하다.

영어라는 언어의 특성을 관찰하고 분석함으로써 순수한 학문적 발견을 이룰 수도 있고, 실생활에 적용할 수도 있다. 가령 제품이나 회사의 이름을 짓는 것을 브랜드 네이밍(brand naming)이라고 하는데, 이 분야는 언어학적 지식이 기반이 된다. 예를 들면 어떤 음료의 이름을 짓기 위해 '사각사각' 이라고 할 것인지, '서걱서걱' 이라고 할 것인지는 언어학적 근거를 이용해 선택할 수 있을 것이다. '사각사각' 은 작고, 밝고, 가벼운 느낌을 주지만, '서걱서걱' 은 크고, 어둡고, 무거운 느낌을 준다. 우리나라에서 유명한 휴대전화 단말기인 삼성 애니콜(anycall)은 영어 단어 anycall이 가지는 부정적 의미 때문에 영미권에서는 그냥 삼성폰으로 팔린다고 한다. 영어를 전공하지 않은 사람이 이런 사정을 모르고 영미권에서 그냥 'anycall' 로 판매를 하고자 했다면 결과는 분명 좋지 않았을 것이다. 어떤 목적인지에 따라 이러한 언어학적 지식을 이용해 브랜드 네임을 결정할 수 있다. 영어학은 영문학과와 달리 응용적 성격이 강하기도 하고, 자연과학적 특성이 두드러지기도 한 분야이다.

영어교육학과에 가고자 한다면 사명감도 필수!

영어교육학은 한마디로 영어교사가 되기 위한 학문 분야라고 해도 과언이 아니다. 장차 영어교사가 되기 위한 학생들을 훈련시키는 것이 영어교육학이다. 따라서 영어교육을 전공하고자 하는 사람은 마땅히 교사에 대한 사명감과 흥미를 가지고 있어야 할 것이다. 교사가 되기 위한 사명과 의지를 가진 사람으로 특히 영어를 가르치고자 한다면 영어교육학을 전공할 자질과 소양이 있다고 말할 수 있겠다. 영어교육은 영어학과 밀접한 관련이 있다. 영어학에서 영어습득이나 영어교육을 다루는데, 영어교육학에서는 영어교사로서 필요한 여러 가지 지식을 익히고, 실습을 수행한다. 소수이긴 하지만 영어영문학과에서도 영어교사가 되기 위해 교직과목을 이수하고 영어교육을 연구하여 영어교사로 진출하기도 한다.

모든 분야에 관심을 갖자!

영어영문학과를 졸업하는 많은 학생들은 실제로 매우 다양한 분야로 진출한다. 언론계, 학계, 법조계, 문학, 번역, 의학 분야, 산업 등 사회의 모든 분야에 영어영문학과 출신들이 포진하고 있는 것을 볼 수 있다. 영어영문학과에서 영어를 공부한 후에, 법학을 공부하여 법률가가 된 사람도 많고, 의학을 공부하여 의사로 진출하는 경우도 많이 볼 수 있다. 특히 언론계나 사업계로 진출하는 사람들을 보면, 영어영문학과에서 영어를 비교적 잘 배워두었다가 언론정보학이나 광고홍보 등을 공부하여 해당 분야로 진출하는 경우도 많다. 반드시 영어영문학과에 진학해야 영어를 잘 배우는 것은 아니지만, 다른 학과에 비해 영어를 배우기가 용이하기 때문에 이러한 선택을 하는 것으로 생각된다.

우리말에 대한 관심이 많은 사람들이 국문학을 연구하는 것이 당연하듯이 영어영문학과에는 영어를 좋아하고 영문학을 좋아하는 사람들이 많이 진출하는 것이 당연하다. 영어를 좋아한다는 것은 어떤 뜻일까? 영어라는 언어를 배우기 좋아하는 것, 영어로 된 노래를 즐기는 것 혹은 영어로 쓰인 문학 작품을 읽기를 좋아하는 것을 의미한다. 영어를 좋아한다는 것은 영어를 사용하는 사람들에 대해 알고자 하는 것을 포함한다. 영국과 미국, 호주의 문화에 관심을 가지는 것, 그들의 역사를 알고자 하는 것이 모두 영어를 좋아하는 사람들이 공통적으로 가지고 있는 사항이다. 그러니까 영어영문학과에 진학하려는 사람이 갖추어야 할 소양이나 적성은 영어에 대한 관심, 영미문화에 대한 관심, 기타 영미권의 역사, 철학, 종교에 대한 관심이라고 할 수 있다. 물론 영어를 도구로 하고 다른 분야의 전문지식을 쌓아 활동하려는 사람들도 영어영문학과에 진학한다.

영어영문학은 인문학이다. 인문학의 가치는 인간에 대한 성찰과 창조적 사고라고 할 수 있다. 철학, 역사, 지리, 인물에 대한 이야기가 그러하듯이 문학 작품 또한 성찰의 기회와 창조적 사고를 계발하는 데 도움이 된다.

책을 많이 읽자!

영어영문학과에 진학하면 영어와 더불어 문학 작품을 읽게 된다. 그렇기 때문에 오히려 시간을 내어 영문학 분야가 아닌 다른 분야의 소중한 책을 읽는 것이 필요하다고 생각된다. 가령 문학과는 상관없는 자연과학이나 사회과학 분야의 서적들을 읽을 필요가 있다. 나는 교수가 되고 나서야 수학에 관심을 가지기 시작했다. 어렵고 지긋지긋하기만 하던 수학에 흥미를 가지게 된 것은 첫째 아이를 위해 사준 〈수학귀신〉이란 책을 읽으면서였다. 아이가 읽을 책이 도대체 어떤 것인지 궁금하여 내가 먼저 읽기로 한 것이었는데, 책을 읽으면 읽을수록 '수학이란 참으로 재미있는 것이구나' 하는 흥미를 느끼게 된 것이다. 이후 〈놀라운 수의 세계〉, 〈수학 비타민〉 등 초등학생들을 위해 쓰인 초급 수준의 수학책들을 읽으면서 즐거운 시간을 가질 수 있었고, 그러한 관심은 자연과학 분야로까지 넓혀졌다. 〈이기적 유전자〉, 〈털 없는 원숭이〉와 같은 책들을 아주 흥미롭게 읽었고, 〈파인만 씨 농담도 잘하시네요〉와 같은 파인만의 일련의 책들을 읽으면서 물리학도 재미있을 수 있다는 생각을 하게 되었다.

인문학은 상상력이라고도 할 수 있다. 그러니까 문학 작품만 탐독한다는 것은 지식의 폭과 상상의 폭을 넓히는 데 도움이 되지 않을 수 있

다. 문학과는 상관없는 분야들을 폭넓게 섭렵함으로써 융합적, 통섭적 사고를 하는 것이 좋겠다. 그러나 고등학교를 졸업하고 대학에 입학하기까지는 그리 긴 시간이 아니므로 계획을 세워서 독서를 하는 것이 필요하다. 무턱대고 많은 책을 읽는다면 비록 많은 지식을 얻을 수는 있겠지만, 체계화되지 않은 산만한 지식의 파편들만을 얻게 될 수도 있기 때문이다.

많은 책을 읽고 생각을 깊게 하는 것이 영어영문학만을 하기 위해서 필요한 것이 아니라 대학생활을 위해서도 필요한 것임을 인식할 필요가 있다.

영어를 잘하기 위한 노하우
'토익 공부보다 영어책을 읽는 것이 더 좋다!'

사람들은 장기적이고 전략적인 충고보다는 단기적이고 전술적인 충고를 더 고마워하고 현실적인 것으로 받아들이는 경향이 있다. 아무리 좋은 충고라도 너무 먼 미래에 관한 일이면 별로 충고라고 생각하지 않는 것 같다. 진학과 관련해서도 마찬가지일 것이다. 지금 당장 무엇을 해야 하는지에 대한 답을 원하는 사람들이 많을 것이다. 이런 경우는 대개 도구로서의 영어 수준을 어떻게 높일 것인지와 관련된 충고를 할 수밖에 없다. 즉 장래에 폭넓은 의미에서 도움이 되도록 책을 읽고 인문학적 사색을 하라는 등의 충고보다는 구체적으로 어떻게 영어실력을 배양할 수 있는지에 더 관심이 많은 것이다.

이미 영어를 잘하는 사람이 영문과에 오는 것보다 잠재적 능력이 뛰어난 사람이 오는 것이 더 좋다는 의미에서 굳이 영어 자체를 준비할 필요는 없다. 가능하면 인문학적 소양을 넓히기 위해 다양한 책을 읽고, 영미권에 대한 다양한 지식을 쌓는 것이 더 좋겠다. 대학생이 되기 전에 이미 학생들이 토플, 토익 준비를 하는데 그런 시험을 준비하기보다는 영어책을 읽는 것이 중요하다. 굳이 영어를 준비한다면 많이 읽고 많이 듣는 것이 중요하다는 말이다. 중학생 시절부터 주니어 토플, 주니어 토익으로 무장하고 대학에 와

서는 또 토플, 토익으로 시간을 보내는 학생들이 아무리 고득점을 받아도 실제로 영어를 잘하지는 못한다는 결과는 흔히 듣는 이야기이다.
영어 시험공부가 아니라 영어 공부를 잘하기 위해서는 어떻게 해야 할까? 구체적인 목표를 세우는 것이 중요하다. 가령 하루 네 시간은 영어듣기와 읽기를 한다든지 아니면 500 단어짜리 짧은 책을 백 권 읽겠다든지 하는 구체적인 목표를 세워 실천해야 한다. 헤밍웨이의 소설을 독파하는 것도 한 방법이고, 〈타임〉과 같은 시사 잡지를 꾸준히 읽어보는 것도 좋은 방법이다. 나는 가끔 학생들에게 전공과목 시험에 상관없이 교재를 열 번 읽거나 열 권의 책을 읽어오면 최고점수를 주겠다는 선택안을 제시하기도 한다. 그만큼 다독이 중요하기 때문이다.
무엇을 하든 도움이 된다고 편하게 생각해도 된다. 문학 작품을 폭넓게 읽어두면 그것이 영문학 작품을 이해하는 데 도움이 된다. 영미권의 문화에 관한 다양한 지식을 얻는 것도 좋다. 매일 매일 영어를 연습하여 회화능력과 표현능력을 길러두는 것도 물론 도움이 된다. 한마디로 말하자면 영어와 영미문화, 문학에 관한 어떤 지식을 얻든 그것은 모두 도움이 되는 것이다.

글로벌 인재 만들기 프로젝트

무언가를 배우는 것은 신나는 일이다. 지금은 작고한 세계적으로 유명한 엔터테이너였던 밥 호프는 하버드 대학교의 졸업식 연설에서 "Do you know how dangerous out there?"라고 물었다. 학생들이 "Yeah!"라고 한 목소리로 대답하자 그는 "Then, stay here"라고 충고했다. 물론 농담이었지만, 학생으로서 무엇을 배운다는 것이 얼마나 좋은 것인지, 학생이라는 신분이 얼마나 많은 특권을 제공하는지를 함축적으로 보여주는 명연설이었다. 밥 호프의 졸업연설이 유명해진 이유는 다른 유명 인사들과는 달리 단 두 줄로 끝났기 때문이라고도 한다. 하지만 중요한 것은 학문이라는 여행이 얼마나 소중한지를 보여준다는 데 있다.

영문과는 영어를 공부하는 곳 아닌가? 그렇기도 하고, 그렇지 않기도 하다. 영어를 익히고 영어로 쓰인 문학 작품을 읽고, 또한 영어를 교육하는 것에 대해 배운다. 영어영문학과와 영어교육학과에서 무엇을 공

부하는지는 앞에서 아주 간략하게 살펴보았지만, '무엇을 연구하는 학문인가' 라는 질문을 한다면 그 답은 조금 달라진다. 학문으로서의 영어학, 영문학, 번역학과 도구로서의 영어, 번역 등은 다르기 때문이다. 그렇지만 여기서 '무엇을 연구하는 학문인가' 하는 질문은 '무엇을 배우는가' 하는 질문과 크게 다르지 않기 때문에 꼭 학문의 대상에 대한 이야기는 아니라는 점을 먼저 언급하고자 한다.

질문을 이렇게 바꾸자. 영어영문학과에서는 무엇을 공부하는가? 우선 구체적인 사례를 통해 현재 우리나라의 대학교 영어영문학과에서 무엇을 배우는지 살펴보자. A대학은 영어영문학과의 교육목적을 '영미권 언어와 문학과 문화 일반을 교육하고 연구함으로써 탁월한 영어 능력을 지니며, 동시에 문화의 정수인 문학과 언어에 대한 이해를 바탕으로 비판적이며 창조적인 능력을 지닌 전문인을 양성하는 것' 이라고 정의하고 '전 지구화시대, 다문화시대에 전문 지식과 실천 능력을 갖춘 인재' 를 양성하기 위해 다음과 같은 교육 목표를 세웠음을 밝히고 있다.

- 학문적, 사회적 요구에 부응할 수 있는 탁월한 영어 능력을 지니도록 한다.
- 영미권 언어와 문학과 문화를 깊이 있게 이해하는 지적 능력을 지니도록

한다.

- 다양한 문화 간의 접촉에 대해 비판적이며 창조적인 인식 능력을 지니도록 한다.
- 사회 공동체의 일원으로서 언어와 문화에 대한 지식을 실천할 수 있는 능력을 지니도록 한다.

그리고 이러한 교육 목표를 달성하기 위해 학부의 교육과정은 크게 영문법, 영어회화, 작문 등을 가르치는 실용영어 분야와 음운론, 구문론, 의미론, 영어사 등을 다루는 영어학 분야, 셰익스피어를 포함한 영미희곡, 영미소설, 영미시, 비평 등을 다루는 영문학 분야 세 가지로 나누어진다. 대학원 과정은 영미문학과 언어학의 두 분야로 나누어져 있다고 밝히고 있다.

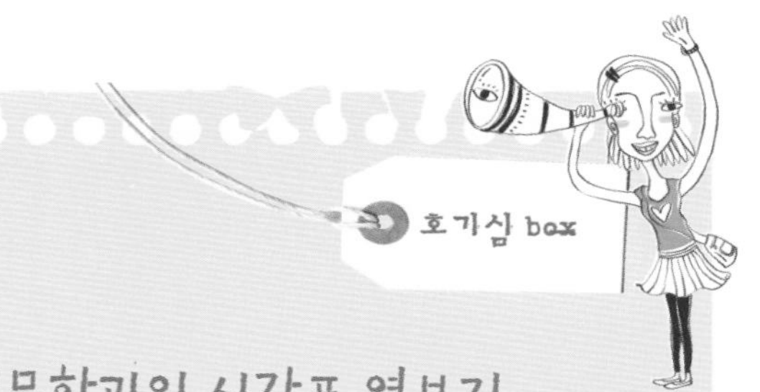

A대학교 영어영문학과의 시간표 엿보기

1학년 영문학입문 / 영미문학과 사회 / 영어학개론 / 영문학배경 / 영미문화의 이해 / 활용영문법

2학년 19, 20세기 영문학 / 영상영어 / 영어음운론 / 문학과 대중문화 / 중세 및 르네상스문학 / 근대영문학 / 19, 20세기 미국문학 / 문학과 영화이론 / 영어사 / 영어와 시사 / 영미산문 / 단편소설연구

3학년 미국문학연구 / 드라마연구 / 영어구문론 / 영어토론 / 영어권 작가연구 / 셰익스피어 / 영미소설연구 / 이론과 비평 / 영어의미론 / 고급영문 읽기 / 드라마의 이론과 실제 / 미국소수민족문학

4학년 여성과 문학 / 영미시연구 / 영어학연구 / 고급영작문 / 번역이론과 실제 / 비교문학개론 / 문화연구 / 사실주의 문학연구 / 언어와 사회 / 영어교육론

석사과정연계 통사론 / 영문학 연구입문 / 전문, 기술영어입문 / 의미론 / 여성과 문학 / 고전비평

이 대학은 대학교 4학년에 이르기까지 총 40과목을 제공하고 석사과정과 연계하는 교과로 6과목을 제공하고 있다. 물론 학생들이 졸업할 때까지 이들 40~46과목을 모두 공부하는 것은 아니다. 대학에 따라 졸업요건이 다르지만 전공과목을 대개 12과목 내지 20과목을 이수하면 졸업하게 된다.
시간표를 보면 영어학, 영문학, 도구영어, 영어교육 등이 뒤섞여 있는 것을 알 수 있다. 즉 4학년에 이르기까지 학년별로 이러한 분야의 교과들을 분산 배치함으로써 학생들이 해당 분야의 전문지식을 순차적으로 습득할 수 있도록 하고 있다. 이 표에는 없지만, A대학은 도구로서의 영어를 교양영어라는 이름으로 전교생에게 제공하고 있다.
내가 A대학을 예로 든 것은 특별한 이유가 있는 것이 아니다. 다른 많은 대학들도 이 대학과 대동소이한 목표를 가지고 유사한 교과들을 제공하기 때문에 큰 차이는 없다.

영문과 1학년 수업 엿보기

전공으로서의 학문을 다루기 전에 먼저 도구로서의 영어실력을 향상시키기 위해 어떤 공부를 하는지 알아보자.
우리나라의 대학에서는 학과에 관계없이 영어를 국제어이자 학문 언어로 간주하여 일정한 수준의 영어실력을 기르도록 하고 있다. 대학에 따라 다소 차이는 있지만 교양영어, 대학영어, 생활영어, 영어 등으로 불리는 기초영어를 주당 2~5시간씩 이수하도록 하고 있으며, 여기서 살펴보는 영어 과목들은 영어영문학과에서 주로 제공하는 도구 영어 과목들이다.

자신있게 "I can speak English very well!"

밖에서 사람들이 영어를 잘한다고 할 때의 의미는 대개 회화를 잘한다는 것이다. 회화 관련 과목들은 단계에 따라 진행된다. 즉 초급, 중급, 고급으로 나누어져 있다. 영어회화1, 초급 영어회화는 기본적인

교수님이 알려주는 Speaking 비법!

회화는 물론 영어를 잘하려면 우선 딱 한 가지 원칙을 명심하자. 영어는 말(語)이라는 사실이다. 그러나 많은 사람들이 영어를 글과 혼동하기 때문에 영어공부의 시작을 말이 아닌 글로 시작한다. 알파벳부터 공부한다는 말이다. 꽤 오래전부터 파닉스라고 하여 글자와 발음의 관계를 익히는 방식이 도입되었는데, 언어공부에서 가장 중요한 것은 말로 하는 소통 능력이다. 우리의 모국어 습득을 생각해 보자. 아이들은 3~4세가 되면 거의 완벽한 수준의 말을 하고, 6~7세가 되어서야 글을 배운다. 어떤 언어는 글이 없다. 우리말도 조선시대 이전에는 한자를 빌어서 표기했기 때문에 모두가 글을 알았던 것은 아니다. 이 점이 중요하다. 글을 모르는 사람들도 외국어를 잘 배우고 구사하는 일이 많다는 것. 다시 말해, 언어는 말이기 때문에 글에 집착하는 것은 회화 능력을 포함한 외국어 능력에 도움이 되지 않는다. 물론 우리가 외국어를 배울 때 글을 함께 배우는 것은 짧은 시간에 빨리 배우기 위해서이다. 나는 미국에서 글을 모르는 나이 드신 교포들을 많이 보았다. 글을 모르지만 미국사람들과 어울려 살면서 충분히 대화가 가능하다는 것이 신기하기까지 했다. 즉, 듣고 말하는 것부터 시작해야지 책을 보고 회화를 공부하는 것은 좋은 방법이 아니다.

영어회화의 기술 습득과 향상을 목적으로 하고, 주당 1~3시간씩 주로 원어민 화자가 수업을 담당한다. 영어회화2 혹은 중급영어회화는 중급 수준의 영어회화의 기술 습득과 향상을 목적으로 하며 주당 1~3시간씩 주로 원어민 강사가 수업을 담당한다. 고급영어회화1, 2는 고급 수준의 학생들이 영어회화 능력을 향상시킬 수 있도록 하기 위한 과목들이다. 다양한 의사소통 활동에 참가하게 함으로써 영어로 의사소통할 수 있는 충분한 기회를 부여하는 것을 목적으로 하며, 토론을 포함하여 영어로 의사표현을 하는 능력을 기른다.

English Debate, 거침없이 OK?

최근의 유행이기도 하지만 각 대학마다 영어 토론 동아리가 있다. English Debate라는 동아리는 물론 그런 과목을 개설하는 학교도 늘어나고 있다. 내가 근무하는 대학에도 English Debate라는 과목과 그것을 가르치는 인도 출신의 전공교수가 있다. 내가 농담조로 그 교수에게 debate(논쟁)만 하지 말고 discussion(논의)도 좀 하라고 하자 그분이 당연하다고 대답한 적이 있다. debate란 주어진 주제에 대해 서로 자신의 생각을 전개하여 누군가가 승리를 하고 다른 사람이 패배하는 논쟁이다. 반면 discussion은 주어진 문제에 대한 해결책을 구하기 위해 서로 아이디어를 제시하고 더 나은 결론에 도달하는 집단 의

사결정 과정이다. 우리는 남을 이기기 위해 영어를 배우는 것은 아니지만 때로는 상대방을 설득하는 일도 필요하다. 그렇기 때문에 각 학교에서 토론 관련 과목들을 개설하고 있다.

영어토론1 혹은 기초 영어 토론은 영어구어의 유창성을 증진시키고 영어토론에서 자신들의 의사를 분명하게 표현할 수 있는 능력을 향상시키는 것을 목적으로 한다. 또한 학생들로 하여금 다양한 모의토론에 참가하게 함으로써 영어로 토론할 수 있는 능력을 기를 수 있는 많은 기회를 부여한다. 이 과목이 1학기에 개설되면 영어토론2는 주로 2학기에 개설되며 수준과 방법은 영어토론1과 비슷하다. 이 과목들을 통해 학생들로 하여금 다양한 모의토론에 참가하게 함으로써 영어로 토론할 수 있는 능력을 기를 수 있는 많은 기회를 부여한다.

중급 이상의 토론 능력을 증진시키기 위해서 제공하는 과목으로 고급영어토론1, 2가 있다. 토론에서 영어로 자신의 의사를 분명하고 효과적으로 표현할 수 있는 능력을 증진하는 것을 목적으로 한다. 또한 학생들로 하여금 다양한 모의토론에 참가하게 함으로써 영어로 토론할 수 있는 능력을 기를 수 있도록 한다.

앞에서도 말한 것처럼 English Debate는 최근에 많은 대학에서 붐을 일으키는 과목 중의 하나이다. 외국인 교수가 담당하는 과목으로 이 강의를 통해서 상대방에게 효과적으로 설득하는 방법을 배울 수 있고 강의 자료로 신문이나 잡지 등을 다루면서 어떤 요소가 자기 주장과 의견을 효과적으로 나타낼 수 있는지에 대해서도 배울 수 있다. 사회적 이슈에 대한 관심과 그것의 배경에 대한 충분한 조사가 사전에 요구된다. 어떤 대학에서는 영미 문학과 토론이라는 과목을 개설하기도 하는데, 이 과목의 특성은 문학 작품을 읽고 그 내용을 중심으로 토론을 한다는 것이다. 문학 작품을 이용한 토론 수업은 토론 내용이 어느 정도 정해져 있기 때문에 학생들이 편하게 느끼는 과목이다.

Reading, 고급지식을 습득하자!

아마도 우리의 영어교육에서 읽기만큼 오랫동안 강조되어 온 분야는 없을 것이다. 읽기는 당연히 중요하다. 선진 외국문물을 들여오는 가장 빠르고 효과적인 방법은 선진국의 지식을 습득하는 것이기 때문이다. 옛날 우리 조상들이 인삼이나 특산물을 중국에 조공으로 바치고 그 대가로 서적을 받아왔던 것이나, 백제의 왕인 박사가 일본에 천자문을 전해준 것도 모두 지식의 습득이 얼마나 중요한지를 보여주는 일화이다.

외국의 선진 지식을 습득하기 위해서는 당연히 그 나라 말을 알아야 한다. 당연한 말이지만 그 나라에 직접 갈 수 없다면 그 나라 말로 된 책을 읽어야 한다. 그렇기 때문에 우리 조상들은 중국어를 공부했고, 지금 우리는 영어를 공부하는 것이다. 그런 면에서 나는 회화

능력보다 읽기능력이 훨씬 더 중요하다고 생각한다. 최근에 우리 사회는 영어공부 10년이 되어도 말 한마디 못한다는 말을 너무 쉽게 하면서 회화가 마치 영어실력의 모든 것이라고 여기고 있다. 이는 잘못된 것이다. 회화를 잘하지 못한다는 것은 사실이다. 그러나 과거세대 사람들은 잘 못하는 회화실력으로 얼마나 많은 업적을 이루어 냈는가! 이는 모두 필요한 서적들을 읽고 또 필요한 글을 쓸 수 있었기 때문에 가능했다.

요즘처럼 교통이 발달하고 경제적 수준이 높아져서 외국에 갈 기회가 많아지면서 읽기 능력과 더불어 말하기 능력도 필요해졌다. 그러나 고급지식을 습득하고 자신의 고급지식을 표현하기 위해서는 역시 읽고 쓰는 능력이 필요하다.

대학에 오면 누구나 학과에 상관없이 초보 수준의 읽기 과목을 배우게 된다. 대학에 따라 대학영어, 교양영어, 필수영어로 부르기도 하고, 혹은 그냥 영어1이라고 부르기도 한다.

영문과 학생들이나 영어에 자신감 혹은 호기심을 더 많이 가진 학생들이 선택하는 것이 바로 영산문 과목이다. 이 강의에서는 영국과 영어권의 문학, 정치, 경제, 사상, 종교, 예술 등에 관한 수준 높은 산문을 섭렵함으로써 서구의 사상과 의식세계의 깊이를 탐구하며 배경지식을 습득하게 된다. 동시에 고급영어 실력을 증진시키는 데 도움이 된다. 하지만 비판적 사고와 꼼꼼한 독해력이 필요하다. 약간 수준이 높은 학생들이나 2학년 학생들이 선택하는 과목이 중급 영문독해나 영문독해2이다. 중급 수준의 영어독해능력을 배양하기 위해 다양한 읽기 자료를 다루어 읽기능력을 기른다. 대학 3학년 이상의 학생들은 고급 영문독해, 명문 영어강독 1, 2를 선택한다. 수준 높은 영어의 독해능력을 배양하기 위해 다양한 장르의 영어 명문들을 선택하여 독해를 하고 발표와 토론 등을 통해 표현능력을 기른다.

졸업을 앞둔 학생들이나 시사문제에 관심이 많은 학생들은 주로 시사영어 강독을 수강한다. 영어의 독해능력을 배양하기 위해 시사적인 주제의 다양한 수필, 산문, 기사, 사설 등을 선택하여 독해를 하고 발표와 토론 등을 통해 표현능력을 함양할 수 있다.

Writing, 자신을 표현하자!

미국 대학의 놀라운 사실 하나! 많은 대학들에서 작문과를 두고 있다는 사실이다. 'Department of Composition' 이 바로 그것이다. 우리말로 하면 '작문과' 혹은 '쓰기과' 이다. 영문과나 국문과가 아니라 작문과가 하나의 학과로 존재한다는 것은 참으로 놀라운 일이다. 물론 이 학과가 우리의 문예창작학과와 비슷하기는 하다. 그러나 미국 대학에는 문예창작학과에 해당하는 학과들도 물론 있다. 그만큼 쓰기의 중요성을 강조하고 있다는 뜻이다.

우리 사회에서도 글쓰기의 중요성이 점점 부각되고 있고, 최근에는 유치원, 초등학교에서도 읽고 쓰기를 강조하고 있는 추세이다. 옛날에는 '영작문' 이라고 하던 것을 최근에는 '영어로 글쓰기' 라고 부르는 경향이 있다. 심지어는 '영어로 논문 쓰기' 라는 큼지막한 선전문구가 있는 광고지를 본 적도 있다. 요즘 영어영문학과에서는 논문을 영어로 쓰는 것이 추세이다. 그런데 이것을 영어로 논문 쓰기라고 하여 마치 새로운 학문이라도 되는 듯이 말하는 것을 보며 씁쓸함을 느끼기도 했지만 영어로 글쓰기가 그만큼 중요해졌고 사회에서도 그렇게 인식하고 있다는 정도로 이해할 수는 있겠다.

'영어 글쓰기' 는 영어 문어텍스트를 통한 효과적 의사소통을 위해 반드시 알아야 할 기본 지식을 배우는 과목이다. 한국어와 영어의 언어 구조와 정보전개 구조 차이, 한국어와 영어의 구두점 사용법 차이를 이해하고, 글의 논리적 일관성, 경제성, 수사적 효과 등을 구현하기 위한 기재를 배운다. 대학에 따라 이 과목은 영어작문1, 영어작문2로 불리기도 한다. 약간의 차이가 있다면 이 과목들은 영어 글쓰기를 위한 기본 능력을 배양한다는 것이다.

또한 영어의 다양한 기본 문형의 표현과 적절한 어휘선택을 위한 능력을 기를 수 있다. 한국어와 영어표현의 차이를 이해하여 이를 적절히 글로써 표현할 수 있도록 연습해야 한다.

영작문 과목은 대학의 여건에 따라 외국인 교수가 강의를 담당하는 수업으로 글을 쓰기 위한 이론적 바탕을 배우고 실제로 강의시간에 영어로 글을 작성한다. 주로 문학 작품에 대한 비판적인 글쓰기가 이루어지고 기회가 된다면 자기 나름대로의 창의적인 글쓰기 시간도 가질 수 있다.

고급 영어작문을 통해서는 수준 높은 영어 글쓰기를 위한 기법을 습득할 수 있다. 구두법 등을 정확하게 사용하는 법, 형식적인 문서의 작성법 등을 익히고 논증이나 의견표현 등을 글로써 논리적이고 명료하게 표현할 수 있도록 한다. 또한 보고서, 에세이, 요약문 등 학술적인 작문을 위한 기법과 스타일을 이해하도록 한다.

특수한 목적이나 분야에 맞는 글쓰기 능력을 배양하기 위해서 대학에서는 다양한 글쓰기 과목을 제공한다. 시사영어, 비즈니스, 학술회의 등을 고려한 영작문 과목들을 제공하는 대학들이 늘어나고 있다. 시사영어와 저널리즘 글쓰기는 외국인 교수가 강의하는 수업으로 실제로 글을 쓰는 연습이 이루어진다. 뉴스 스타일의 글, 사설, 학술적인 글을 연구, 분석하고 직접 쓰는 연습을 한다.

비즈니스 글쓰기는 국제화 업무에 요구되는 능력을 배양하는 수업이다. Business Letter, 영문 E-mail, 영어보고서 등을 작성하는 요령을 배우고, 문장 간의 연결 연습 등 기초적인 작문 훈련을 한다. 또 영미 방송청취와 기사작성과 같은 과목은 외국인 교수가 직접 강의하며 라디오 방송 프로그램을 활용하는데, 영국의 BBC, 캐나다의 CBC, 다른

유명한 라디오 방송국에서 하는 다양한 이슈를 다룬 다큐멘터리 방송을 수업시간에 듣는다. 이를 통해 영어 청취력을 기를 수 있고, 세계 속의 다양한 사회적 이슈를 접할 수 있다.

문학토론 수업은 어떻게 진행될까?

내가 근무하는 대학의 한 문학토론 수업을 소개해 보겠다. 외국인 교수님이 담당하는 이 수업은 버지니아 울프가 쓴 소설 〈Mrs. Dalloway〉를 다룬다. 작가의 생애나 작가가 살았던 시대뿐만 아니라 작품에 대한 분석과 접근이 이루어진다.

영화로 만들어진 작품이 있는 경우 수업에 비디오 자료를 활용하기도 하고, 연극일 경우에는 학생들이 조를 이루어 특정 부분을 연극으로 하기도 한다. 학생들은 작품을 미리 읽고 수업에서는 주로 교수님과 토론을 진행한다. 가령 주인공의 심리적 태도에 대해 교수님이 질문을 하면 어떤 학생은 주인공의 입장에서 왜 그런 태도를 가지게 되었는지를 설명하고, 다른 학생은 그와 다른 견해를 제시하는 방식으로 수업이 진행된다. 때로는 영어구사능력이 제한되기 때문에 어떤 학생은 자신의 생각을 충분히 표현하지 못해 답답해하는 경우도 있다. 우리말이라면 충분히 자신의 생각을 표현할 수 있겠지만, 영어라는 제약 때문에 자신의 생각을 충분히 표현하지 못하는 것은 당연하다. 그러면 교수님은 그 내용을 글로 써서 다음 시간에 발표하도록 한다.

영어연설연습 혹은 퍼블릭 스피킹은 영어를 사용한 의사소통의 순발력을 제고하는 한편 대중 앞에서의 발표와 연설 능

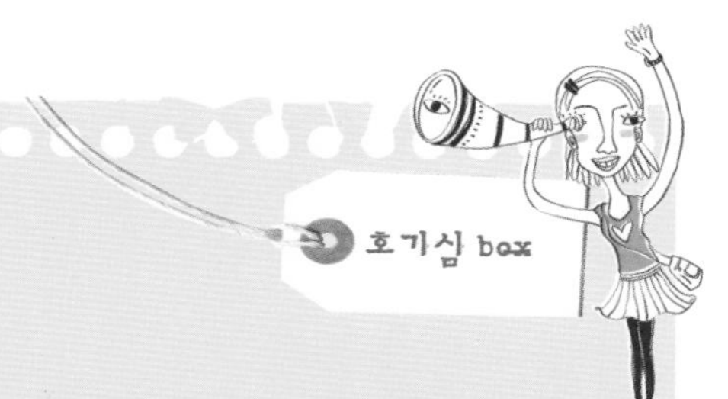

력을 높이기 위한 강좌이다. 미리 정해진 주제나 그 자리에서 주어지는 주제에 대해 영어로 연설하고 이에 대한 즉흥적 질의응답 순서를 진행하도록 한다.

영어 말하기와 관련하여 최근에 강조하는 것 중의 하나가 영어발표이다. 프레젠테이션입문은 학생들의 생각을 대중 앞에서 발표를 통해 표현할 수 있도록 이끌어 주는 수업으로 영어 커뮤니케이션 능력, 영어 전달력 등을 함양하는 것이 목표이다.

이 밖에 오디오북 청취와 토론은 외국인 교수님이 강의하는 수업으로 외국인 교수님과 대화하는 과정 등을 통해서 영어 듣기와 말하기 능력을 기를 수 있다. 라디오 드라마와 시트콤 등을 학습 자료로 이용한다. 영어동화구연도 외국인 교수님께서 강의하는 수업으로 학급을 몇 개의 그룹으로 나누어 수업을 진행한다. 영어로 동화구연을 하는 과정을 통해서 영어로 말하는 능력을 신장시키는 것이 이 강의의 목표이다.

교수님이 알려주는 Writing 비법!

잘 쓰려면 많이 읽어야 한다. 일본 최고의 지식인이라 불리는 다치바나 다카시는 〈피가 되고 살이 되는 500권, 피도 살도 안 되는 100권〉이란 긴 제목의 책에서 한 권의 책을 쓰기 위해서 적어도 100권의 책을 읽는다고 했다. 최근에 읽은 〈호모 모빌리쿠스〉라는 책의 저자는 이 책을 쓰기 위해 50권의 저서와 200여 편의 논문을 읽었다고 한다. 오해는 금물이다. 이들은 모두 해당 분야의 전문가들이기 때문에 여기 언급된 책 말고도 이미 기초 지식이 방대한 사람들이라는 점을 기억하자.

더 재미있는 예를 들어볼까? 한양대학교 정민 교수가 쓴 〈미쳐야 미친다〉를 살펴보면 독서광 김득신은 〈백이전〉을 1억 1만 3,000번 즉 지금의 셈법으로 11만 번을 읽었다고 한다. 어느 날 몸종과 함께 산책을 하다가 자신도 모르게 시 구절이 흘러나오자 몸종에게 얼마나 멋진 시냐고 스스로 감탄하면서 자신의 시를 쓰는 실력이 놀랍지 않느냐고 하문한다. 그러자 몸종은 그 시가 김득신이 지은 시가 아니라 김득신이 하도 여러 번 읽고 말해서 자신도 암기하게 된 고전시라고 핀잔을 주는 대목이 나온다.

쓰기를 잘하려면 당연히 많이 읽어야 한다. 내가 권하는 방법은 쉬운 책을 여러 권 보라는 것이

다. 초등학생들이 읽는 짧은 책이나 오디오북이면 더욱 좋겠다. 100쪽 이내의 책들을 100권 정도 읽으면 어느 정도 감이 잡히리라 확신한다. 그런 단계를 거친 후 200쪽 분량의 책을 50권만 읽으면, 아니 10권만 읽어도 어느 정도 자신감이 생기게 된다. 한 페이지에서 모르는 단어가 5개 이상 나오는 책은 읽지 마라. 그런 책은 단어 때문에 진도가 나가지 않고 내용도 어려울 것이기 때문이다. 편하게 읽을 수 있는 책을 여러 권 읽는 것이 중요하다.

대학생들이 영어 글쓰기 훈련을 하는 과정을 보면 때로는 너무 무지막지하다는 생각이 드는 경우가 있다. 가령 기다란 우리말 문장을 놓고 그것을 영어로 옮기는 것이다. 이건 작문 훈련이 아니라 번역 훈련이다. 주어진 문장을 영어로 옮기는 것은 번역이다. 영어 글쓰기는 처음부터 머릿속에서 영어 문장이 나와서 그것을 글로 옮기는 것이어야 한다. 그렇게 하기 위해서는 주어진 단어들을 재배열하는 것이 아니라 처음부터 머릿속에서 단어들을 이끌어 내야 한다. 그런 의미에서 우리말을 영어로 옮기는 영작문 책들은 내가 보기에 최악의 교재들이다.

우리말 상황을 생각해 보자. 우리말 글쓰기 책에서 문장이 주어지는 일을 상상할 수 있는가? 경상도말을 서울말로? 말도 안 되는 소리이다. 우리말 글쓰기 책이 제시하는 것과 똑같은 방법을 영어에도 적용하는 것이다. 글의 소재를 제시하고 그것에 대해 자신의 생각을 써내려가는 것이 바로 글쓰기 훈련이다. 문법-번역식 글쓰기는 이미 1960년대에 효과적이지 않다는 판정을 받았는데도 불구하고 아직까지 우리 사회에 남아있다.

멀티미디어를 활용한 영어 학습

최근에는 오디오나 비디오 혹은 이 모두를 결합한 멀티미디어 자료들이 발달해 있다. 외국어를 배우기에 이렇게 좋은 시절은 없어 보인다. 영어를 사용하는 외국인을 보기가 하늘의 별 따기보다 더 어려웠던 시절에는 단파 라디오를 통해 영어를 들어볼 수밖에 없었다. 나는 춘천에 있는 미군 부대 근처에서 살았기 때문에 가끔씩 훈련받는 미군이나 근처 학교의 학생들을 먼발치에서 바라보면서 영어를 한두 마디 나눠본 것이 전부였다. 지금은 시간과 공간을 초월하여 영어와 함께 있다. 노트북 컴퓨터, 휴대전화, MP3 등을 이용하여 언제 어디서든지 영어를 접할 수 있다. 최근에 대학들에서 멀티미디어를 활용한 영어 학습을 강화하고 있는데, 그런 의미에서 요즘 학생들은 참으로 복 받았다고 생각한다. 너무 고리타분한 생각인가?

인터넷, 동영상 등 디지털을 기반으로 한 멀티미디어를 활용하여 학생들의 영어습득을 증진시키는 것을 목적으로 하는 미디어 영어와 같은 과목들이 점점 더 다양하게 개설되고 있다.

간단하게 말할 수 있는 실용영어 알아두기

문법은 중요하다. 올바른 문장을 구사하기 위해서도 그렇지만 고급 수준의 영어실력에서 문법이 없다면 책을 읽거나 글을 쓸 수 없기 때문이다. 내가 가끔 학생들에게 테스트를 하는 문장이 있다.

Q. 존은 메리가 자기를 사랑하기를 원한다.
A. John wants Mary to love himself.

얼핏 보면 맞는 것 같지만 이 문장은 틀렸다. 마지막 himself를 him으로 고쳐야 맞게 된다. 왜 그럴까? 간단히 설명하면, '자기' 나 '자기 자신' 이라는 단어는 영어로 himself에 해당하지만, 문법규칙상 위 문장에서는 him이 나와야 하기 때문이다.
그러나 회화에서 문법은 그렇게 중요하지 않을 수도 있다. 대개의 경우 완전한 문장을 사용하지 않기 때문이다. 우리말도 마찬가지이다. 다음을 보자.

철수: 밥 먹었니?(너는 밥을 먹었니?)
순이: 아니.(아니, 나는 밥을 안 먹었어)
철수: 지금 먹을까?(지금 너와 내가 밥을 함께 먹을까?)

우리말은 주로 주어나 목적어를 생략해도 뜻이 통하는 데 아무런 문제가 없다. 그렇다고 해서 외국인들에게 우리말에는 주어나 목적어가 없다고 가르칠 수는 없다. 마찬가지로 영어도 수많은 문법규칙들이 작용하지만, 회화에서 완전한 문장을 사용하는 것보다는 문장조각(fragments)을 사용하는 일이 허다하다. 소통에 중점을 두고 완전한 문장이 아닌 핵심어를 사용하는 것도 한 방법이다.

Grammar is important!

앞에서 영문법은 중요하지 않다고 했다. 이번에는 영문법이 중요하다고 말해야겠다. 영문법이 중요하지 않다는 것은 회화처럼 문장조각들을 이용하여 소통을 목적으로 하는 경우가 그렇다는 것이고 영문법이 중요하다는 것은 읽기나 쓰기의 분야에서 그렇다는 것이다.

궁극적으로 영문법은 매우 중요하다. 우리가 우리말의 문법을 모르고서 아름답고 정확한 우리말을 구사하기 어려운 것처럼 영문법을 제대로 알지 못한다면 어려운 글을 읽거나 복잡한 글을 쓸 수 없을 것이다. 더욱이 외국어를 효과적으로 빨리 배우기 위해서는 문법이 필요하다. 영국에서 1,000페이지가 넘는 문법서가 쓰인 이유가 무엇인가? 문법이 없는 언어가 없듯이 영어에도 문법이 있는

것이 당연하다. 모국어와 외국어가 다른 점은 모국어의 경우 문법을 의식하지 않고 습득하는 데 비해, 외국어는 문법을 통해 빨리 습득할 수 있다는 점이다.

영어문법은 2학기에 걸쳐 강의되는 영문법의 첫 번째 학기 강의로 영어의 계통이나 국제어로서의 위상 등과 같은 일반적 특성들을 이해하고, 전통적인 영문법의 틀 속에서 영어의 품사와 형태적 특성 등을 학습한다. 대학에 따라 영어문법은 영문법2로 계속되기도 한다. 영문법2는 영문법1에 연속되는 강의로 전통적인 영문법의 틀 속에서 영어의 문장구조와 사용상의 특성 등을 학습한다. 영문법1과 영문법2를 통해서 영어의 일반적 특성과 영어문법 현상을 포괄적으로 그리고, 체계적으로 습득하도록 한다. 또 대학에 따라서는 이를 영어구문론 혹은 영어통사론이란 이름으로 개설하기도 하는데, 통사론이란 언어학적 입장에서 영어의 구조를 분석한다.

영어학과 영문학은 어떻게 발전해 왔을까?

영어영문학의 역사는 매우 깊다. 그러나 영어학과 영문학이 성격을 달리하기 때문에 두 학문의 발전과정은 서로 다르다. 먼저 영어학의 발전과정을 살펴보자. 근대적인 대학이 설립된 1900년대 초부터 우리나라에는 영어영문학이 도입되기 시작했다. 성균관대학교나 연세대학교, 이화여자대학교와 같이 전통적인 고등교육기관이나 서양 선교사가 건립한 의료, 교육기관을 제외하고는 대부분의 대학은 그리 오래되지 않았다. 고려대학교의 전신인 보성전문학교는 1905년에 세워졌고, 중앙대학교는 1918년에 세워졌다. 그러니까 엄밀한 의미에서 우리나라에서 영문학이 교육되기 시작한 것은 이 무렵부터라고 할 수 있다.

물론 해방 이전에도 영어에 대한 열기는 대단했던 듯하다. 독립신문에 난 광고나 기사를 보면 지금의 우리와 마찬가지로 어떻게 하면 영어를 잘할 수 있는지를 묻는 독자들의 질문이 실린 것을 볼 수 있다.

우리나라에서의 영어학은 도구로서의 영어에 대한 필요성이 대두되면서 도입되기 시작했다고 볼 수 있다. 그러나 경성제국대학의 영문과에서는 영국식 제도를 도입한 일본의 모델에 따라 영문학을 교육했다. 셰익스피어 원전을 읽고 라틴어를 교수하는 등 지금보다도 훨씬 더 심도 있는 공부를 했던 것으로 보인다. 경성제국대학에서 공부를 한 원로 학자들이 지금은 대개 80대 후반이나 90대 초반이 되었는데, 그분들의 말씀에 따르면 당시에는 셰익스피어의 4대 비극을 현대영어가 아니라 셰익스피어가 사용하던 영어로 읽었다고 한다. 학습에 굉장히 부담이 갔을 것이다.

그러나 해방을 전후하여 많은 대학들이 생겨나면서 영문과도 우후죽순처럼 설립되었다. 영어에 대한 사회의 수요가 그만큼 많아졌기 때문이다. 영문학에 치우쳐져 있던 커리큘럼이 영어나 영어학을 포함하기 시작했다. 이러한 변화는 수출지향적인 한국의 산업구조에 의한 것으로 풀이된다. 초기에는 영어학이란 학문이 영어를 잘 읽고 쓰기 위한 보조수단으로서의 언어학적 측면에 대한 것이었다. 영어학 과목도 영문법, 영어구문론, 영어음성학과 같이 도구로서의 영어실력을 배양하기 위한 과목들로 채워졌다.

1980년대에 언어학 이론이 서구로부터 도입되면서 급성장하게 되었다. 즉 서양에서 19세기에 시작된 역사비교언어

영어학은 물론 언어학과 다르다. 연구 분야가 영어라는 개별언어로 한정된다는 것이 무엇보다 큰 특징이다.

학적 성과와 20세기 초의 구조주의 언어학 이론들이 미국을 거쳐 우리나라에 소개되기 시작한 것이 구한말에서 일제 식민지 시기였고, 해방 후에는 비교적 최신 이론들이라 할 수 있는 미국의 구조주의 언어학 이론과 변형생성문법 이론이 소개되면서 영어학의 발전을 이끌어 가게 되었다.

물론 1980년대까지는 이러한 언어학 이론들과 별개로 전통적인 영문법이라 할 수 있는 학교문법 이론들이 학계를 지배했다고 볼 수 있다. 언어학계에서는 지금도 언어학자 노암 촘스키의 이론이 주도적인 역할을 하지만, 영어학은 코퍼스 자료를 이용한 연구를 위시하여 매우 다양한 방법론을 활용해 다양한 측면에서 연구하고 있다.

영어학은 물론 언어학과 다르다. 연구 분야가 영어라는 개별언어로 한정된다는 것이 무엇보다 큰 특징이다. 영어학이 영어의 역사, 영어의 음성음운적 특징, 통사적 특징, 의미적 속성 등을 파헤치는 데 연구의 주안점을 두는 반면, 일반 언어학에서는 언어보편적인 속성들을 파악하고자 한다. 그러나 영어학이 인접 학문과의 상호작용 속에서 발전해 왔기 때문에 최근에는 생물언어학, 전산언어학, 말뭉치언어학과 같은 학문들이 생겨나면서 영어학도 이러한 학문발전의 영향을 받게 되었다. 영어학의 발전과정을 한마디로 요약하면 다음과 같다.

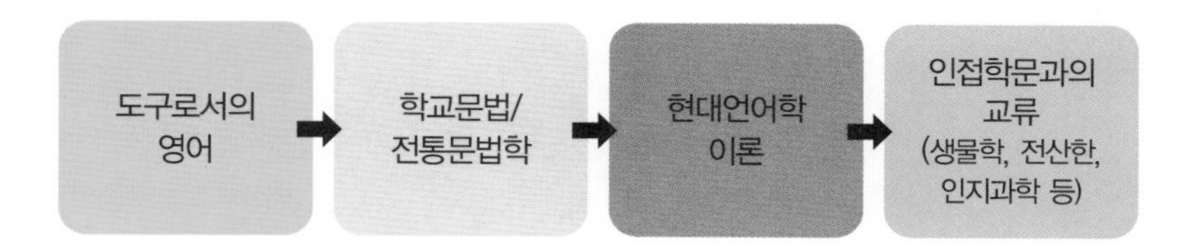

영문학의 발전과정도 크게 다르지 않다. 처음에는 영어구사력을 배양하기 위한 방편으로 문학 작품을 읽었다면, 학과들이 점점 더 많이 생겨나고 학문의 폭이 넓어지면서 문학 자체에 대한 연구가 넓어졌다. 1980년대부터는 소위 포스트모더니즘 혹은 후기구조주의라 불리는 사조가 한국사회를 휩쓸면서 영문학의 지평에도 많은 변화가 있었다. 문학비평이 영역을 넓힌 것이다.

영문학이란 범위도 넓어지고 있다. 영국에서 생산된 문학 작품이란 고전적 의미에서 최근에는 미국문학, 호주문학, 남아공문학 등이 모두 영문학에 포함되었고 미국의 이민자들이 주도하는 이민자문학이나 소수자문학도 큰 관심을 불러일으키고 있다.

영어울렁증은 어떻게 치료할 수 있을까?

영어공부 10년에 외국인만 보면 먹통이 된다는 말이 있다. 두 가지 원인을 생각해 볼 수 있다. 하나는 우리나라에 외국인이 별로 없다는 것, 다른 하나는 말로 하는 외국어 공부를 하지 않는다는 것이다.

동남아시아를 생각해 보자. 태국은 우리보다 경제력이 뒤처져 있지만 외국인 관광객은 약 1,500만 명으로 우리의 2~3배가 넘는다. 태국의 관광지에 가면 웬만한 사람들은 기본적인 회화를 한다. 우리와 사정이 다른 이유는 바로 실생활에서 영어가 필요하기 때문이다. 열심히 공부한들 그것을 곧바로 현장에서 사용할 수는 없다면 무슨 필요가 있겠는가.

공부 능력과 영어를 포함한 언어 능력은 직접적인 상관이 없다는 것이 학계의 정설이다. 지능지수가 낮은 사람이 수많은 외국어를 구사하는 경우도 있다. 외국어를 아무리 열심히 공부해도 그것을 직접 사용할 수 없는 환경이기 때문에 외국어 능력에 걸맞은 구사 능력이 발휘되지 않는 것이다.

두 번째 원인은 영어공부를 말로 하지 않는다는 것이다. 책에 나와 있는 구절이나 문장을 암기하는 것은 현실이 아니라는 사실을 명심하자. 아주 재미있는 사례를 들은 적이 있어 소개하겠다.

일본의 최고 대학인 동경대학에서 박사 학위를 받은 어떤 분이 연구차 미국에 왔다. 그분은 매우 유능하고 똑똑한 분이었는

데 얼마 후 나에게 하소연 겸 농담으로 이렇게 말하는 것이었다. 미국사람들에게 "Thank you"라고 말하면 그들은 책에 나온 대로 "You' re welcome"이라고 하지 않는다는 것이다. 또 "How are you?"라고 인사하면 미국인들은 결코 "Fine, thank you. And you?"라고 하지 않는다는 것이다. 그래서 하루는 어떤 미국인에게 왜 그런지 따지듯이 물었다고 한다. 미국인이 하는 말이 "Thank you"의 대답으로 "Sure"라고 하는 것은 당연한 일을 했을 뿐이라는 인사이고, "How are you?"에 대한 대답인 "Good, Ok" 등도 아무런 문제가 없다는 것이었다.

나도 미국을 가기 전에 You' re welcome과 Sure가 같은 의미라고는 배워본 적이 없다. 지금은 많은 교재들이 다양한 정보를 제공하기 때문에 이러한 일은 생기지 않은 것 같다. 내가 말하고자 하는 것은 책에만 의지하다 보면 실제 회화 상황에 잘 맞지 않는 경우도 있다는 것이다. 자신이 책에서 배운 것과 다른 상황이 발생하면 우리는 꿀 먹은 벙어리가 되기 쉽다. 이런 일을 한두 번 겪다 보면 영어울렁증이 생기기도 한다.

외국인 교사들이 푸념하는 한 가지 습관이 이러한 영어울렁증과 관련이 있어 보인다. 그들의 말에 따르면 한국인들은 대화를 하려는 것이 아니라 완전한 문장을 암기하고 있다가 그것을 사용하려는 경향이 있다는 것이다. 동남아시아나 중남미 계통의 사람들에 비해 한국인은 완벽주의란 말까지 들은 적이 있다. 틀린 말도 아니다. '나랑 사진 같이 찍을래?' 란 말을 하기 위해 우리나라 사람들은 우선 머릿속으로 해당되는 문장을 검색해 본다. 다행히 'Would you mind if I ask you to take a picture with me?' 와 같은 문장이 생각나면

곧 대화를 시작할 수 있지만 여기서 한 단어라도 생각이 나지 않으면 우리는 곧 입을 다물고 만다. 이에 비해 중남미 계통의 사람들을 흉내 낸다면 그들은 그냥 Picture? 혹은 Picture with me?라고만 한다. 오히려 이렇게 하는 것이 훨씬 더 효과적이다. 왜냐하면 우리처럼 했다가는 상대방이 우리의 영어실력을 과신하거나 아니면 긴 문장을 사용하다가 일부분의 발음이 좋지 않아서 소통에 실패할 수도 있기 때문이다. 완벽주의를 버리는 것이 울렁증 치유의 지름길이다.

영어
울렁증이여~
이젠, 안녕!
B
T
No.1

CAN

1. 발음부터 문장까지 OK! 영어학의 세계

2. 위대한 작가들과의 만남, 영문학 속으로

3. 영어선생님이 되기 위한 첫걸음, 영어교육학

4. 의사소통을 위한 도전, 통번역

5. 세계의 문화를 만나는 지역학

교수님과 함께 떠나는 영어영문학 여행

발음부터 문장까지 OK!
영어학의 세계

영어학이란 무엇일까? 영어학이란 영어의 음운론, 구문론, 의미론, 화용론, 역사 등을 다루는 학문이다. 앞에서 살펴본 A대학의 경우 영어학 관련 내용으로 영어학개론, 영어음운론, 영어사, 영어구문론, 영어의미론, 영어학연구, 언어와 사회, 통사론, 의미론 등을 제공하고 있다. 과목의 이름만 보면 아홉 가지의 내용만을 배우게 되는 것처럼 보이지만, 실제로는 영어학의 대부분을 망라하고 있는 셈이다.

물론 대학에 따라 개설되는 과목은 조금씩 차이가 있다. 인지언어학, 담화분석, 문체분석, 인지의미론, 코퍼스 언어학, 화용론 등을 가르치는 곳도 있다.

자, 그럼 영어학의 전반적인 내용을 알아보자. 영어학은 크게 다섯 가지 분야로 나누어 볼 수 있다. 음성음운론, 형태론, 통사론, 의미론, 화용론이 그것이다. 여기에 영어교육 혹은 응용영어학, 인지언어학, 코퍼스 언어학이 추가되기도 한다.

왜 [strike]를 우리는 [스트라이크]라고 발음할까?

음성음운론이란 영어에 사용되는 음의 종류와 특성을 연구하는 학문이다. 미국사람들은 [coffee]라고 발음하는데 왜 우리는 [커피]라고 발음하는 것일까? 그것은 우리말에 [f] 발음이 없기 때문이다. 미국사람들은 [strike]라고 발음할 때 우리는 [스트라이크]라고 모음[ㅡ]를 넣는다. 그 이유는 영어가 닿소리 세 개를 허용하지만 우리말은 홀소리 앞에 닿소리 하나만을 허용하기 때문이다.

이러한 영어의 음성적 특성과 음의 배열 등을 연구하는 분야가 바로 영어음성학 · 영어음운론이다.

최근에는 컴퓨터를 이용하여 음을 인식하거나 합성하는 연구를 하기도 한다. 전화를 통하여 집에 있는 보일러를 켜거나 냉장고를 작동시키는 것, 은행자동인출기에 이름을 대면 기계가 알아서 일을 처리해 주는 것이 바로 음성합성 등을 포함한 음운 연구의 성과들이라 할 수 있다.

영어음성음운론을 공부하여 영어발음의 특성을 알게 되면 영어실력을 향상시키는 데 많은 도움이 될 것이다. 원리를 알고 발음하는 것과 모르고 발음하는 것은 큰 차이가 있기 때문이다. 여러분도 잘 아는 단어들로 예를 들어보자.

possible	impossible	active	inactive
legal	illegal	correct	incorrect
regular	irregular		

이 단어들은 형용사와 그것들의 반의어 쌍이다. 부정접두사는 im-, il-, ir-, in- 등 다양하다. 하지만 모든 단어의 쌍을 암기할 필요가 있을까? 이미 암기했다면 어쩔 수 없지만, 아직 암기하지 않았다면 참으로 다행이다. 암기할 필요가 없는 것을 암기하려고 애쓴다면 괜시리 두뇌에 부담만 줄 테니까 말이다.

왜 암기할 필요가 없을까? 외우지 않고도 알 수 있는 방법이 있을까? 영어음성학과 영어음운론은 바로 이러한 문제들을 해결해 주는 방법을 알려준다.

여기 사용된 단어의 예들은 모두 부정접두사 in-이 인접한 음에 동화되는 자음동화현상의 사례들이다. in-이 뒤에 오는 음 [p]의 영향으로 im-이 되거나, 뒤에 오는 음 [l]의 영향으로 il-이 된 것이다.

영어단어를 쉽게 외울 수 있는 방법이 있을까?

자, 그렇다면 형태론이란 무엇일까? 영어 단어의 형태를 분석해 보고, 단어의 구조를 밝히거나 새로운 단어를 만들어 내는 방법을 연구하는 분야이다. 새로운 단어를 만들어 낸다니 흥미롭지 않은가? 단어들은

영어의 음을 무작정 결합시켜 만든 것이 아니다. 또 어떤 단어는 실제로 작은 단위들이 결합하여 이루어지기도 한다. 다음을 보자.

unhappy　　unaware　　unkind　　undoubtful

이 단어들을 보면 모두 un-이 포함되어 있다. 그러면 우리는 un-을 제외한 나머지 부분들이 원래의 단어이고, 여기에 un-이란 접두사를 결합하여 만들어 낸 것이라고 결론짓는다. un-은 반의어 접두사이다. 이처럼 형태론을 알면 단어에 대한 이해를 넓힐 수 있고, 새로운 단어를 만나더라도 쉽게 그 의미를 추측해 볼 수 있게 된다. 영어에서 실제로 사용되는 매우 긴 단어를 보자.

철자가 자그마치 42개인 이 단어의 의미가 무엇인지 추측할 수 있겠는가?

이 단어의 의미를 분석하면 다음과 같다.

pneumono	ultra	micro	scopic	silico	volcano	coni	osis
lung	beyond	small	to see	quartz	volcano	dust	condition
폐	초	작은	보는	석영	화산	먼지	증상

한마디로 '규폐증'이라 하는데, 그 의미는 위에서 보는 것처럼 일정한 부분들로 구성되어 있다. '규폐증'이라는 단어를 알기 위해 무작정 42개의 철자를 외우는 것은 쉽지 않은 일이다.

수학의 원주율을 소수점 40자리까지 외우는 것과 다를 바 없다. IQ 테스트 수준일 것이다. 하지만 의미를 생각하면서 외워보자. 그다지 어렵지 않을 것이다.

'me, too'에 담긴 의미는 한 가지뿐일까?

통사론이란 무엇일까? 통사론은 이전에는 문법론, 구문론 등으로 불렸다. 통사론은 한마디로 문장의 구조를 밝히는 연구 분야라 할 수 있다. 물론 문장에는 일정한 구조와 규칙이 있다. 문장에 구조와 규칙이 없다면 우리는 외국어를 배울 수 없을 것이다. 중학교에 입학하여 영어에 대해 처음 배우는 것 중의 하나가 바로 'I am, You are, He is'와 같은 것들이다. 주어가 I이면 be동사는 am이고, 주어가 you이면 be동사는 are, 주어가 he이면 be동사는 is라는 것 말이다.

그런데 이를 유식한 말로 하면 주어-동사 수 일치라고 한다. 영어에는 수 일치의 원칙 혹은 규칙이 있다. 외국어를 배운다는 것은 해당 외국어의 문법 규칙을 배운다는 것이기도 하다. 모국어를 배울 경우에는 이러한 규칙에 대한 인식 없이 자연스럽게 부모나 주변의 다른 사람들로부터 배우게 된다. 하지만 외국어를 배우는 경우에는 규칙을 암기하는 것이 훨씬 효과적이기 때문에 늘 문법 규칙을 통해 문장을 배우게 되는 것이다. 다음 문장을 보자.

Tom loves Mary.

Mary loves Tom.

두 문장은 같은 단어를 사용했지만 그 의미는 다르다. 첫 번째 문장은 Tom이 주도적인 행동을 한다면, 두 번째 문장은 Mary가 주도적인 행위를 하는 것을 나타낸다. 순서만 다를 뿐인데, 이렇게 의미가 다른 것은 영어라는 언어가 바로 순서를 통해 의미관계를 나타내는 언어이기 때문이다. 이에 비해 한국어는 순서보다는 조사를 통해 여러 가지 의미를 나타낸다.

탐은 메리를 사랑한다.

탐을 메리가 사랑한다.

두 문장은 순서가 동일하지만 조사가 다르다. 첫 번째 문장은 영어 예문의 첫 번째 문장과 같은 의미를 가지고, 두 번째 문장은 영어 예문의 두 번째 문장과 동일한 의미를 가지고 있다. 통사론은 바로 이러한 관계를 밝혀주는 일을 한다. 통사론은 또 다음과 같이 한 문장이 여러 가지 의미를 가지는 현상을 설명하기도 한다.

여자는 분명 어린애와는 춤을 추지 않는다고 말했다. 그런데 젊은이

At a grand Christmas party, a young man asked an attractive elderly lady for a dance.
"Sorry, I don' t dance with a baby" , refused the lady.
The young man challenged, "Sorry, I didn' t know you are pregnant."

는 왜 "I didn't know you are pregnant" 즉, 여자가 임신했다고 말하는 것일까?

영어통사론에 의하면, with a baby는 동사를 수식할 수도 있고, 주어인 I를 수식할 수도 있다. 'with a baby'가 dance를 수식하면 그 의미는 '어린애와 춤을 추다'가 되어 여자가 한 말의 의미를 나타낸다. 그러나 'with a baby'가 주어인 I를 수식하는 일종의 분사구문이라면 그 의미는 '나는 아이가 있어서 춤을 출 수 없다'가 되므로 여자가 임신한 것이 되는 것이다. 영어통사론은 이와 같이 한 문장이 가지는 중의적 의미를 찾아내고 보여주는 작업을 한다.

우리말을 예로 들어 보자.

철수 : 난 내 여자 친구를 정말 좋아해.
영수 : 나도 그래.

영수의 말은 도대체 무슨 뜻일까? '나도 그래' 란 말은 뭐가 그렇다는 말인가? 영수가 엉큼한 사람이므로 제 여자 친구 말고 철수의 여자 친구를 좋아한다는 말인가? 아니면 철수가 철수의 여자 친구를 좋아하는 것처럼, 영수가 자신의 여자 친구를 좋아한다는 말인가. 아니면 이 말은 이 두 가지 의미를 모두 가질 수 있는 것인가?

통사론이란 이렇게 애매모호한 말의 의미가 무엇인지 알아보고, 왜 그러한 문제가 생기는지 이유를 밝히려는 학문 분야이기도 한다.

까만 눈을 가진 흰 개를 왜 '까만 개' 라고 부르지 않을까?

자, 이번에는 의미론에 대해 알아보자. 의미론이란 무엇일까? 단어의 의미, 문장의 의미를 밝히려는 분야를 말한다. 그런데 우리는 초등학교에서 혹은 중고등학교에서 단어의 의미를 암기하는 경험을 수없이 많이 해왔다. book의 뜻은 '책', apple의 뜻은 '사과' 처럼 말이다.

이런 식으로 단어들을 암기해 왔고, 의미라는 것은 특별한 신경을 쓰지 않아도 되는 것으로 여겨왔다. 그런데 잘 생각해 보자. 예를 들어 커피가 무엇인가? 내가 만약 여러분에게 coffee가 무엇이냐고 물어보면 대개 그냥 '커피' 라고 대답할 것이다. 영어단어를 우리말 단어로 번역하라고 한 것이 아닌데도 말이다. 그럼 우리말 '커피' 가 무엇인지 생각해 보자. 커피가 커피지 뭐냐고 한다면 그건 탐구적 자세가 아니다.

쉬운 예를 들어보자. 카페에 가서 커피를 주문했다고 치자. 카페의 종업원이 한 잔의 물에 원두커피 한 알갱이(grain)만을 넣어서 가져왔다고 가정해 보자. 그때 여러분은 '이것도 커피냐' 하는 심정일 것이다. 또 반대로 커피를 한 잔 가득히 채우고 단 한 숟가락의 물만 넣어 가지고 왔다면 여러분은 마찬가지 반응을 보일 것이다.

이것은 무엇을 말하는가? 여러분이 커피가 무엇인지 안다는 것은 단순히 어떤 사물이 커피인지를 골라낼(sorting) 수 있다는 의미 외에도 어떤 것이 커피를 구성하는 조건인지를 안다는 것을 의미한다.

즉, 커피라는 이름으로 불리기 위해서는 일정한 양의 커피가루, 예를 들면 한 스푼의 커피와 일정한 양의 물, 가령 한 잔의 물이 적당한 온도에서 뒤섞인 액체여야 한다. 그러니까 우리가 '커피가 무엇인지 안다' 라고 할 때 우리가 진정으로 아는 것의 내용은 어떤 추상적인 관계 즉, 커피와 물과 온도의 적절한 혼합 관계라 할 수 있다.

우리는 커피라고 불리는 사물이 커피라고 불리기 위한 조건들을 아는 것이다. 그 조건들을 모두 준수하는 사물은 말 그대로 오리지널 커피인 것이고, 조건들을 조금씩 위반하는 사물은 사이비 커피인 것이다.

또 다른 경우를 생각해 보자. 우리는 단어와 그 의미를 너무나 잘 알고 있는 것으로 생각하는 경향이 있다. 가령 '작다' 라는 단어가 있으면 이 단어의 의미는 너무나 쉬운 것으로 간주해 버린다. 과연 '작다' 의 의미는 무엇일까? 어떤 것이 '작은' 것인가? '크다' 라는 말의 진정한

의미는 무엇일까? 예를 들면 코끼리의 작은 눈과 생쥐의 큰 눈 중에서 어느 것이 더 클까?

물론 여러분은 코끼리의 작은 눈이 생쥐의 큰 눈보다 훨씬 크다는 것을 알 것이다. 그럼 우리는 이런 경우에 왜 '작은' 이란 단어를 사용하는 것일까? 또 생쥐의 눈은 코끼리의 눈에 비해 훨씬 작은데도 왜 '큰' 이란 수식어를 사용하는가?

'작다' 와 '크다' 라는 두 단어는 비례적인 관계 속에서만 의미가 결정된다. 이러한 관계는 비단 계층적 반의어 관계에서만 나타나는 것은 아니다. 검은색과 흰색은 명백한 상보적 반의어이다.

〈장자〉에 나오는 유명한 궤변을 들어보자. 개의 눈이 멀었을 경우, 우리는 이 개를 '맹견' 이라 부른다. 그러나 개의 눈이 크다고 해서 그 개를 '큰 개' 라고 부르지는 않는다. 마찬가지로 까만 눈을 가진 흰 개를 '까만 개' 라고 하지는 않는다. 까만 눈을 가진 흰 개를 '까만 개' 라고 하지 않는다면, 우리는 언제 어떤 속성을 적용해서 사물의 이름을 붙이는 걸까?

영어의미론은 영어의 단어와 문장이 가지는 의미가 어떻게 결정되는지, 어떤 속성을 가지고 있는지 그리고 어떻게 인간에 의해 습득되는지 등을 연구한다.

왜 'Sorry' 에는 'I' m OK' 라고 대답할까?

화용론이란 무엇인가? 언어는 사전에 규정된 의미를 기본적으로 가지고 있지만, 실제 사용 상황에 따라 매우 다양한 방식으로 활용된다. 누군가가 교실 혹은 방 안으로 들어서면서 "참 덥군요"라고 말했다고 하자. 이 말은 과연 무슨 뜻일까? 이 말이 뜻하는 바를 한번 적어보자.

우선 이 말은 ①온도가 섭씨 30° 가 넘었다는 뜻이다. 또 때에 따라선, ②바깥 온도는 15° 인데, 말하는 사람이 방금 헐레벌떡 뛰어와서 열이 났다는 뜻이다. 또 다른 환경에서는 ③방 안이 답답하니까 창문을 좀 열어달라는 부탁의 말이다. 이도 저도 아니라면 단지 ④언어학자가 무언가를 설명하기 위해 칠판에 적어놓은 무의미한 낙서이다.

우리는 늘 말을 하고 살면서도 그 말이 막상 무슨 뜻으로 쓰였는지 모를 때가 많다. 우리가 하는 말의 대부분은 어떤 정해진 맥락이 없으면 여러 가지 의미와 의도를 전달할 수 있기 때문이다.

화용론은 특정한 문장이 이렇게 여러 가지 의미를 가지게 되는 원인과 상황, 효과 등에 대해 연구하는 학문 분야이다. 유사한 예로 다음과 같은 말을 생각해 보자.

[nan mariya]

즉, 이 소리가 '난 마리야'와 비슷하게 들렸다고 생각해 보자. 이 소리는 상황에 따라 다음과 같이 최소한 아홉 가지의 의미로 사용될 수 있다.

첫째, 난 말(horse)야

둘째, 난 말(語)이야

셋째, 낱말(single word)이야

넷째, 나로서는(as for me)

다섯째, 훌륭한 말(馬)이야

여섯째, 난 마리(Marie)야

일곱째, 낮(day) 말이야

여덟째, 낫(cutter) 말이야

아홉째, 낯(face) 말이야

또한 화용론은 대화에 사용되는 원리를 밝혀내는 분야이기도 하다. 이러한 상황을 한번 생각해 보자. 버스에서 갑돌이가 어떤 승객의 발을 밟고 대화를 나눈다.

갑돌이 : 죄송합니다.
승 객 : 괜찮습니다.

방금 이 두 사람이 주고받은 대화는 과연 이렇게 눈에 보이는 것만큼 아주 간단하고 명백할까? 두 사람은 아무 생각 없이 이런 말을 주고받은 것일까? 물론 아니다.
그럼 지금부터 이 두 사람이 이와 같은 대화를 주고받기 위해 어떤 원리 원칙을 지키고 있는지 살펴보자. 먼저 어떤 승객의 발을 밟은 갑돌이가 이렇게 말했다고 생각해 보자.

갑돌이 : 빵이라면, 역시 뚜레주르가 맛있죠?
승 객 : ?

"아니, 남의 발을 밟아놓고 한다는 소리가 뭐 뚜레주르 빵이 맛있다고? 이런 발칙한, 버르장머리 없는, 어쩌구 저쩌구…"라며 발을 밟힌

승객은 틀림없이 화를 내고 말 것이다. 왜 그럴까? 그것은 갑돌이가 상황에 맞지 않는, 상황과는 전혀 관계없는 말을 했기 때문이다. 훌륭한 대화를 위해서는 지켜야 할 많은 원리들이 있다. 언어를 사용하는 것은 아무 생각 없이 그저 나오는 대로 말하는 것이 아니기 때문이다. 이처럼 화용론은 대화의 원리를 포함하여 언어 사용의 여러 가지 양상들을 연구하는 분야이다.

그 밖에 어떤 것들을 배울까?

지금까지 영어학의 다섯 가지 연구 분야를 간략하게 살펴보았다. 이 밖에도 영어학에서 다루는 분야는 많이 있다. 사회언어학, 코퍼스 언어학, 인지언어학, 언어의 역사, 문자 등은 매우 중요하고, 활발하게 연구되고 있는 분야들이다.

사회언어학이란 언어와 사회의 관계를 분석하는 학문 분야이다. 영어를 예로 들자면, 인종이나 지역에 따라 영어가 어떻게 달라지는지, 어떤 효과가 있는지를 살펴보는 학문이다. 가령 미국의 흑인들은 [r]발음을 생략한다든가, 복자음을 단순화시킨다든가 하는 특성이 있다. 또 미국 흑인들은 영어를 사용할 때 be동사를 생략하고 말하는 경우도 있다.

She be honest.

She is home.

She ain' t good.

위에서 표준미국영어로 올바른 문장은 가운데 있는 문장뿐이다. 그러나 흑인들은 이러한 다양한 형태를 이용해서 표준미국영어가 표현하지 못하는 세세한 면들을 표현하기도 한다. 노벨 문학상을 수상한 미국의 흑인여류작가 토니 모리슨은 자신이 노벨상을 탈 수 있었던 이유가 바로 흑인영어의 이러한 장점 때문이었다고 말하기도 했다.

우리말도 지역적 사투리가 심한 것으로 유명하다. 흔히들 충청도 사람들은 말이 느리다고 알려져 있는데, 이러한 생각은 아주 피상적 관찰에 불과하다. 왜냐하면 충청도 사람들은 축약을 많이 할 뿐 할 말은 모두 하면서 시간적 여유를 가지기 때문이다. 이런 대화를 생각해 보자.

> 서울 사람 : 보신탕 드십니까?
>
> 충청도 사람 : 개 혀?
>
> 서울 사람 : 보신탕 안 먹습니다.
>
> 충청도 사람 : 안 혀.

서울 사람이 7자 내지 8자로 표현하는 내용을 충청도 사람들은 단 2자로 표현하고 있지 않은가! 충청도 사람들은 축약에 관해 매우 천재적이라고 생각된다.

춤바람이 난 사모님들을 노리는 서울 제비와 충청도 제비의 작업 멘트를 보자.

> 서울 제비 : 싸모님, 한번 찐하게 땡기시겠습니까?
>
> 충청도 제비 : 출튜?

서울 제비가 잘난 것 같지만 작업 멘트 한번 날리는 데 이렇게 오래 걸리는 데 비해 충청도 제비는 단 2자로 모든 걸 표현한다. 사회언어학은 이러한 방언 차이를 포함하여 사회계층에 따른 언어적 차이 등을 연구하는 학문 분야이다.

또한 영어영문학과에서는 언어의 역사에 대해서도 연구를 한다. 영어영문학과이기 때문에 그 대상은 물론 영어라는 언어이다.

영어는 처음부터 영국에서 사용된 언어가 아니다. 기원후 449년경 대륙의 앵글족, 색슨족, 쥬트족이 영국 섬에 정착하면서부터 영어가 한 국가의 언어로 존재하게 되었고, 이후 영국과 미국의 국력에 힘입어 오늘날과 같은 국제어로 자리매김하게 되었다.

영어학에서는 영어의 역사와 발전 그리고 앞으로의 전망에 대해서도 연구한다. 또한 문자의 탄생과 발전과정에 대해서도 연구한다. 구체적으로는 영어 알파벳의 기원이 된 이집트의 상형문자의 탄생과 해독, 그것의 후신인 페니키아 문자, 그리스 문자, 로마 문자에 이르는 과정들에 대해 알아보고, 현대의 디지털 문자 생활에서 사용되는 다양한 문자의 양상들에 대해서도 연구한다.

영어학 관련 과목들 알아보기

영어학이란 영어의 다양한 측면들, 이를테면 영어의 역사, 영어음성, 영어의 음의 배열 규칙, 영어의 통사구조, 영어의 의미, 영어의 사용 등에 걸치는 언어학적 측면들을 연구하는 분야를 말한다. 이는 다음과 같은 과목들을 통해 배우게 된다.

영어학개론1

2학기에 걸쳐 개설되는 강좌의 앞부분으로, 영어의 발음, 어휘, 구문의 구조에 대한 체계적인 분석을 통해 영어의 본질을 이해하도록 하며, 영어학의 연구 방법론을 익힌다. 나아가서 이러한 분석을 영어 학습에 적용할 수 있는 응용력도 배우게 된다.

영어학개론2

2학기에 걸쳐 개설되는 강좌의 뒷부분으로, 영어의 의미 구조에 대한 분석과 이해에 관한 부분으로 시작하여 영어습득, 심리언어학, 전산언어학, 사회언어학, 영어사 등 다양한 영어학의 하위 분야 또는 관련된 응용 분야들에 대한 주요 이론과 개념을 배운다. 이를 통해 영어와 영어학에 대한 이해를 넓히고 실용적인 응용을 모색할 수 있다.

영어구문론 / 영어통사론 / 영어의 구조

영어의 구문을 변형 문법의 입장에서 규칙과 원리체계의 틀을 사용하여 다룬다. 또한 심층구조에서부터 표면구조의 도출관계를 현대영어의 시각에서 분석하여, 수동 구문과 WH-구문 등 영어 구문에 대한 깊은 통찰력을 기르는 데 주력한다.

영어음성학

영어 발음에 사용되는 구체적인 개별 음과 운율의 구성 그리고 이 소리들이 만들어지는 조음 과정에 대해 체계적으로 정리하고, 영어 발음이 음향적으로는 어떻게 나타나는지에 대한 객관적인 분석방법도 소개한다. 이를 바탕으로 영어의 소리들을 컴퓨터의 음성분석기기를 이용한 실험을 통해 분석하여 영어 교육적, 음성 공학적으로 응용하는 방법도 익히게 된다.

컴퓨터와 영어학

영어의 어휘, 구문, 의미 등의 구조를 컴퓨터를 이용하여 객관적, 체계적으로 분석하고 실용적으로 응용하는 방법을 익힌다. 사전, 텍스트, 대화 등의 코퍼스에 나타난 유용한 정보를 추출하는 기법을 익히고 실습하며 나아가 자동번역, 컴퓨터를 이용한 영어교육과 같은 실용적이고 미래지향적인

응용방법을 모색한다.

영어음운론

생성음운론의 테두리에서 현대 미국영어의 발음에 대한 체계적 이해를 위한 것으로, 개개음, 음절과 단어의 발음에서부터 문장의 발음에 이르기까지 발음의 모든 측면을 분석적으로 명확히 터득하게 한다. 철자와 발음의 관계 그리고 강세, 음조(억양), 리듬을 포함한다.

영어의미론

영어의미론과 화용론에서 다루어지는 영어의 의미 현상들을 소개하고 탐구한다. 특히, 영어의 다양한 의미 현상들을 관련된 어휘들과 연계하여 구체적으로 학습함으로써 영어 의미 현상에 대한 이해를 높이고 의사소통 능력을 향상시키는 한편, 학생들 스스로 영어의 의미 현상들을 찾아내고 분석할 수 있는 능력을 배양하도록 한다.

영어와 사회 / 사회 언어학

언어와 사회의 관계의 여러 측면을 조명하고 영어의 사회문화적 특성에 대한 이해를 심화하는 것을 목적으로 한다.

영어학연구방법론

영어학 분야에서 특정한 주제를 선정하여 관련 문헌을 찾고 분석하며 자신의 생각을 체계화하여 논문을 작성하는 연구방법론과 논문 발표에 관한 방법을 배운다.

영어사 / 영어발달사 / 영어사와 현대영어

고대영어에서부터 중세, 근대, 현대영어에 이르기까지 영어의 발음, 어휘, 의미, 문장구조의 변천과정을 배워 영어에 대한 이해를 높이고 이를 바탕으로 영어의 미래를 전망한다.

영어와 영미문화

영어와 문화와의 관계를 규명하고 영어권 문화에서의 다양한 요소들이 언어에 표현되는 방식을 통해 문화 간의 의사소통과 언어적 차이점에 대하여 배운다.

수사학과 토론

수사학 이론을 바탕으로 연설문을 분석하는 훈련을 하고, 다양한 주제에 대한 토론을 중심으로 원활한 의사소통 능력을 기른다.

위대한 작가들과의 만남, 영문학 속으로

영문학이란 영어로 쓰인 문학을 말한다. 그러나 영문학을 영어로 쓰인 문학이라 정의하는 것은 정확한 것은 아니다. 왜냐하면 영국의 고대문학인 〈베어울프(Beowulf)〉가 처음부터 영어로 쓰인 것은 아니기 때문이다. 안젤리나 졸리가 출연했던 영화 『베어울프』는 영국 섬에 전승되어 오던 이야기인 〈베오울프〉를 각색한 영국문학이라 할 수 있다. 그렇더라도 영국인들에 의해 만들어진 문학이라면 영문학이라 할 수 있을 것이다.

또 호주나 남아프리카 공화국과 같은 영어사용국에서 생산된 문학 작품들도 영문학의 범주에 들어간다. 영문학의 범위는 이렇게 넓고 깊다. 영어영문학과에서는 영어권 사용국가의 사람들에 의해 만들어진 문학, 영어권 사용국은 아니지만 영어로 쓰인 작품들을 모두 영문학으로 간주하고 이에 대해 분석하고, 비평하는 문학적 연구를 수행한다.

재미교포인 작가 이창래가 쓴 작품들은 이주자의 정체성에 대해 쓴

작품이지만 당연히 영문학 작품에 속한다. 그렇다면 우리나라의 저명한 작가이자 번역가인 안정효가 쓴 〈하얀전쟁〉은 영문학일까? 이 작품은 처음부터 영어로 쓰인 후 나중에 원저자에 의해 한국어로 번역되었다고 한다. 하지만 잘 모르겠다. 한국인에 의해 한국에서 영어로 쓰인 작품이 영문학인지, 한국문학인지 분명하게 말할 자신이 없다.
그렇지만 영문학의 범위를 일부러 좁게 할 필요는 없을 것 같다. 앞에서도 말했지만, 셰익스피어, 헤밍웨이, 조앤 롤링, 토니 모리슨과 같은 저명한 작가들의 작품도 영문학이지만, 남아프리카 공화국, 호주, 캐나다, 뉴질랜드에서 쓰인 작품들도 영문학 작품으로 보는 데 큰 무리는 없을 것으로 생각된다. 영어영문학과에서는 이러한 문학 작품들을 연구하는 분야이다. 영시, 영소설, 영희곡, 영산문, 영어 패러디 등 여러 장르의 영문학 작품을 읽고, 분석하고, 비평을 하는 것이 바로 영문학이다. 
최근에는 문학뿐만 아니라 문화에 대한 관심도 높아져서 영미 문화에 대한 연구도 활발히 이뤄지고 있다.
일부 대학에서는 학과의 이름을 영어영문학이라 하지 않고 영미문화학과로 고치기도 했다.
나는 영어학을 전공하는 사람이라서 문학에 대해서는 잘 알지 못한다. 그러나 영어영문학과에서 공부를 했고, 지금도 영어영문학과에서 가르치는 사람의 입장에서 볼

영시, 영소설, 영희곡, 영산문, 영어 패러디 등 여러 장르의 영문학 작품을 읽고, 분석하고, 비평을 하는 것이 바로 영문학이다.

때 문학은 매우 다양한 분야를 다룬다고 할 수 있다. 앞에서도 보았던 A대학의 문학 과목들을 다시 살펴보자.

A대학 영어영문학과의 문학 과목들

1학년 영미문학과 사회 / 영문학배경 / 영미문화의 이해

2학년 19, 20세기 영문학 / 영상영어 / 문학과 대중문화 / 중세 및 르네상스문학 / 근대영문학 / 19, 20세기 미국문학 / 문학과 영화이론 / 영미산문 / 단편소설연구

3학년 미국문학연구 / 드라마연구 / 영어권 작가연구 / 셰익스피어 / 영미소설연구 / 이론과 비평 / 드라마의 이론과 실제 / 미국소수민족문학

4학년 여성과 문학 / 영미시연구 / 비교문학개론 / 문화연구 / 사실주의 문학연구

석사과정연계 영문학 연구입문 / 여성과 문학 / 고전비평

영어영문학과에서는 영문학 작품을 많이 읽을 수 있다는 점에서 다른 학과와는 다른 장점이 있다. 문학 작품을 통해 간접경험을 하여 사회에 대한 안목을 넓히고, 비판적 판단력을 기르며, 세상에 대한 통찰력을 얻을 수 있다면 문학이 주는 기쁨과 더불어 값진 소득이 아닐 수 없다.

나는 어린 시절 앙드레 지드의 〈전원교향곡〉이란 책을 읽고 감동을 받았던 기억이 있다. 독일의 대문호인 괴테의 〈젊은 베르테르의 슬픔〉도 기억에 남는 작품이다. 고등학교 1학년이라는 감수성이 강한 시기에

펼쳐본 두 작품은 스펀지에 그대로 흡수되는 물처럼 나에게 문학적 감동을 흠뻑 전해주었다.

문학 작품이 주는 감동은 이렇게 평생을 지속하는 경우도 있다. 때문에 많은 작품을 읽는 것은 삶의 소중한 자산을 늘려가는 것과 같다. 영어영문학과에서는 영미권의 다양한 작품들을 통해 문학이 주는 경험과 더불어 영미권 문화에 대한 이해를 넓혀줌으로써 세계화 시대의 삶을 준비하는 데도 도움을 줄 것이다. 마치 일본문학을 읽으면 일본을 좀 더 잘 이해할 수 있고, 중국문학을 읽으면 중국을 좀 더 잘 이해할 수 있는 것처럼 말이다.

요즘의 학생들에게는 〈전원교향곡〉이나 〈젊은 베르테르의 슬픔〉보다는 조앤 롤링의 해리포터 시리즈가 훨씬 더 익숙할 것이다. 어떤 작품이든 상관없다. 세계의 문학을 읽으며 문학적 상상력과 더불어 다른 나라의 문화와 사상에 대한 이해를 넓힐 수 있을 것이다.

영문학 관련 과목들 알아보기

영문학의 범위는 매우 넓다. 고전적 의미의 영문학이 영국에서 생산된 문학 작품을 의미한다면, 넓은 의미에서는 미국문학, 호주문학, 캐나다문학, 남아프리카공화국문학도 영어로 쓰였다는 의미에서 영문학의 범위에 들 수 있다. 또한 장르에 따라 시, 소설, 희곡, 산문 등 다양한 종류의 문학 작품을 생각해 볼 수 있다.

영문학 작품들은 시대에 따라 고대영문학, 중세영문학, 근대영문학, 현대영문학으로 구분되기도 하며, 특히 근대 이후에는 17세기, 18세기, 19세기, 20세기, 동시대 등으로 구분되기도 한다. 대학들은 여건에 따라 장르별, 국가별로 문학 작품들을 분석하고 비평하는 과목들을 제공하고 있다.

영국문학개관1

이 강의에서는 고대와 중세 영문학에서 오늘날에 이르기까지 각 시대의 중요 작가와 중요 작품, 문학사조 등을 배운다. 이로써 영문학의 역사적 전개 양상을 파악하고 영문학 전반에 관한 포괄적인 이해를 얻는다.

영국문학개관2

19세기에서 20세기에 이르는 시기에 쓰인 주요 영국문학 작품을 다룸으로써 영국문학의 다양한 문학적 기법과 주제를 다루는 수업이다. 이와 동시에 영국문학과 연계해서 정치, 철학, 종교 사상 등도 배운다. 이를 통해 영문학에 대한 총체적 접근을 시도한다.

영국문학기행

영국문학 수업을 위한 입문 과정으로 영문학에 필요한 제반 문학적 기법을 학습하며 심도 있는 글 읽기를 통해 영문학에 대한 이해와 체계적 지식을 배운다. 그리고 영문학의 주요 작가와 문학 작품이 창작된 당시 배경을 학습한다.

미국문학개관

미국문학뿐만 아니라 영국문학도 함께 다룸으로써 두 나라의 문학과 문화를 이해하는 것을 목표로 한다. 하지만 강의의 중심은 미국문학에 초점이 맞춰져 있다. 미국문학과 함께 청교도주의, 인종주의, 자연과 인간과의 관계와 같은 미국 역사 속의 다양한 사회적 쟁점에 대해 생각하고 함께 토의할 수 있다.

영미문학배경

외국인 교수님이 강의하는 수업으로 고대 로마의 고전문학 작품과 성경,

특히 구약성서를 다룸으로써 영미문학의 배경적 지식을 습득하는 것을 목표로 한다.

영미 단편소설

영국과 미국의 단편소설을 살펴보는 시간이다. 특히, 단순히 단편소설을 보는 것이 아니라 소설이 쓰인 당시의 시대적 상황도 함께 살펴본다.

영미시의 이해와 낭송

고대부터 현대에 이르기까지의 영미시의 주요 작품과 작가를 학습한다. 작품들을 읽어나가면서 대표적인 시 형식의 구조와 특성뿐만 아니라 영미시의 전통과 특성 그리고 다양성을 이해하게 된다.

셰익스피어 1, 2

셰익스피어의 작품을 다루는 수업이다. 이 강의에서는 셰익스피어의 극작품 〈Measure for Measure〉를 선택해서 원문으로 다루기도 한다. 셰익스피어의 작품에 나타나는 영어표현에 친숙해지고, 그의 극작품을 통해 희극 세계를 알아가는 것이다.

영미 문학특강

영미문학에서 중요한 작품들을 선정해 작품의 특징과 주제를 연구한다. 특정한 시대에 국한하지 않고 여러 작가와 작품을 다룬다. 또한, 단순히 작품만을 다루는 것이 아니라 그 작품의 배경이 되는 사회상도 함께 다룬다.

영미문학 주제연구

과거 서구 역사에서 중요시됐던 수사학에 대한 연구와 의사소통 과정에서 수사학이 어떻게 활용되는지 배운다.

영국소설

영국의 시인이자 소설가인 토마스 하디와 그의 작품들을 중점적으로 다룬다. 그의 많은 소설들에서 말하고 있는 '개인과 사회의 부조화'의 모습이 어떻게 드러나고 있으며 그러한 문제를 작가는 어떻게 해결하고 있는지에 대한 탐구를 통해 작가가 살았던 시대상을 이해하고 이를 토대로 오늘날의 현대사회를 조명해 본다.

영국희곡

주로 20세기 후반에 발표된 영국희곡을 중심으로 배운다. 오스본, 베테트와 같은 주요 작가들과 주요 희곡작품들을 다룬다. 단순히 텍스트 이해에만 그치는 것이 아니라 강의내용과 관련된 시청각 자료를 활용하면서 강의가 진행된다.

영미 비평

현대 영미 비평론의 흐름을 파악하여 문학에 대한 비판적 접근법을 이해하고 이를 바탕으로 비판적 사고를 통해 텍스트를 읽는 태도를 가질 수 있는 수업이다.

영국시

초창기 영시에서부터 현대영시에 이르기까지 각 시대의 주요 시인들과 그들의 대표적인 작품들을 이해하고 분석함으로써 영국시에 대한 이해를 높일 수 있다.

중세 영문학과 문화

중세 영문학 작품들을 분석함으로써 중세 문화와 중세 영문학에 대한 이해를 높이고 그에 관련한 지식을 습득할 수 있다. 동시에 중세의 문화뿐만 아니라 작품의 배경이 되는 중세의 정치, 사상, 종교 등을 함께 다룬다. 문학 작품 외에도 주요 신학, 정치, 역사, 철학서 등을 탐구한다.

미국문학기행

미국문학을 개괄적으로 둘러보며, 미국문학의 역사적 상황을 중심으로 강의가 진행된다.

미국소설

과거 미국소설을 읽음으로써 소설에 반영된 당시 미국사회의 모습과 여러 사회적 이슈들을 배울 수 있는 수업이다. 미국소설의 주요 작품뿐만 아니라 최근 연구되고 있는 미국소수민족문학도 다룬다. 이 강의를 통해 역사 속의 미국사회는 물론 이를 토대로 현대 미국사회의 모습을 이해할 수 있다.

미국희곡

20세기에 발표된 미국희곡 중 주요 작품들과 유명한 작가들에 대해 배운다. 연극 대본으로서의 희곡에 대한 이해를 토대로 작품을 이해한다. 단순히 텍스트만 다루는 것이 아니라 시각자료나 공연관람 등을 통해 희곡을 바탕으로 한 영상예술도 접할 수 있다.

미국시

초창기 미국시에서부터 현대 미국시에 이르기까지 각 시대의 주요 시인들과 그들의 대표적인 작품들을 이해하고 분석함으로써 미국시에 대한 이해를 높일 수 있다.

지식 TONG!

영국문학으로 만나는 작가들의 세계

영문학은 언제부터 시작되었을까? 한국문학은 아무리 일러도 단군할아버지 이전으로 올라가기는 힘들 것이다. 단군이 실제로 존재한 인물이라면 그 당시 즉 기원전 2333년경에도 사람들이 문학적 필요성을 느꼈을 테니까 말이다. 기록이 남아있지 않아 답답할 뿐이다. 우리 문학은 고려시대에 지은 향가집을 기준으로 할 때 신라 향가가 그 시초가 아닐까 한다.

그렇다면 영문학은 언제부터 시작되었을까? 영국에 영어를 사용하는 사람들이 나타난 것은 기록에 의하면 기원후 449년이다. 그러니까 영국 땅에서 소위 영문학이 시작된 것은 아무리 이르게 잡아도 449년 이전으로 올라갈 수는 없다는 것이다. 그 이전에는 켈트어를 사용하는 민족이 영국 땅에 살고 있었고, 그들의 후예는 지금 게일릭어나 웨일즈어 등을 사용하며 영국의 변방에 살고 있다. 이들의 문학을 영문학에 포함시키는지의 여부는 전적으로 전공자들의 학문적 취향에 달렸다.

앵글로 색슨 시대의 작가들

영문학의 첫 번째 시기를 500~1100년으로 잡고 이 시기를 앵글로 색슨 시대라고 한다. 이 시기의 대표적 작품으로는 〈베어울프〉가 있다. 앵글로 색슨어로 된 가장 오래된 최고의 걸작 서사시로 주요 내용은 고대사회의 덕목을 담은 전설적, 신화적인 배경의 무용담이며 수법에 있어서 튜튼족의 무인 사회의 도덕관에 기독교적인 정신이 가미 된 작품이다. 이 시대의 주요 인물들로는 영국교회사를 쓴 비드와 알프레드 대왕이 있다.
비드는 앵글로 색슨 시대의 가장 위대한 학자로 신학, 사학, 수사학, 과학, 천문학, 음악 등 많은 분야에 걸쳐 라틴어로 저술하였으며 앵글로 색슨족이 449년에 영국 땅에 도래했다는 것도 비드의 교회사에 처음으로 나온다.
알프레드 대왕은 영국을 바이킹의 침략으로부터 보호한 사람으로 학문에 힘써 〈앵글로 색슨 연대기〉를 편찬하도록 하였다.

노만 정복 시대의 작가들

두 번째 시기는 영국이 프랑스 북부의 노르망디에 거주하던 바이킹의 후예들에게 점령당한 소위 노만 정복 시대이다. 이 시기에는 상류층이 프랑스어를 사용하고 농민 대중들은 영어를 사용하는 이중언어 시대였다. 1100년부터 1340년까지로 이 시기의 대표적 작가는 바로 윌리엄 랭런드이다. 그는 민중 시인으로 당시 사회를 알레고리 수법으로 풍자하였는데, 작품으로는 〈Piers the Plowman〉이 있다. 1200년경부터 영국과 프랑스는 프랑스에 있던 영국 왕의 토지 소유권 문제로 전쟁을 치르게 되고 1350년경부터 백년 전쟁이 시작된다. 영국 사람들이 프랑스에 대해 적개심을 느끼게 되어 영어가 복권되는 시기이기도 하다.
의회에서는 영어를 사용하여 개회식을 진행하고, 법원과 학교에서도 영어를 사용하였다. 존 위클리프는 로마 교회의 압박을 피해 라틴어로 된 성서를 영어로 번역하여 종교의 대중화를 이루었으며 산문의 기초를 확립하였다. 이 시기

지식 TONG!

에 나온 걸작으로는 〈거원 경과 녹색의 기사〉를 들 수 있다. 아더왕 전설의 일부를 다룬 중세의 가장 독창적이고 영국적인 로망스 작품이다.
그러나 이 시기는 무엇보다도 초서의 시대이다. 영국시의 아버지라 불리는 초서는 스펜서, 셰익스피어, 밀턴과 더불어 영문학의 4대 시인 중 하나로 꼽힌다. 초서의 〈캔터베리 이야기〉는 중세 영문학의 최고봉으로 꼽히는 이야기집이다.
이 시기를 포함하여 1100년 이후를 대략 프랑스 시대라 부르는 것은 노만 정복의 여파로 인한 프랑스의 영향력 때문이다. 초서가 활동하던 시기인 1370년~1385년을 특히 이탈리아 시대라고 부르는데, 이는 이탈리아 문예부흥의 주역인 단테, 페트라크, 보카치오의 영향 때문이다. 의회에서는 영어를 사용하고 각급 학교에서 영어를 가르치게 된 1385년 이후를 영국시대라고 한다.

15세기의 작가들

영문학에서 15세기는 말로리의 시대이기도 하다. 영국의 가장 뛰어난 산문 작가 중 한 사람인 그는 산문을 개척하였을 뿐 아니라 사실성에 근접한 로망스를 쓴 작가로 평가된다. 아더왕 휘하 기사들의 무용담을 담은 8편의 로망스를 묶은 〈아더왕의 죽음〉이 바로 그의 대표작이다. 영문학의 15세기를 논할 때 빼놓을 수 없는 사람이 있다. 바로 윌리엄 캑스턴이다. 그는 인쇄술을 영국에 도입하여 표준 영어와 산문 문학 발전에 공헌하였다. 인쇄술의 발

달로 인해 일반 대중들도 문학 작품과 성경을 향유할 수 있게 되었고, 영어는 철자법이 고정되었다.

16세기의 작가들

엘리자베스조라 불리는 1500년~1620년의 기간은 세계적 대문호인 윌리엄 셰익스피어의 생몰 연대와 맞물린다. 궁정 시인이자 외교관이었던 토마스 와이엇은 페트라크식 소네트를 모방하여 영시에 실험적으로 적용하였고, 서리의 백작이었던 헨리 하워드는 이탈리아 소네트를 도입하여 잉글리시 소네트로 변형하여 후에 말로나 셰익스피어에게 영향을 끼치게 된다.

또 필립 시드니는 궁정 시인, 문예 부흥의 선두 주자로, 영문학 사상 최초의 시론을 내놓은 작가로 유명하고, 에드먼드 스펜서는 영국 문예 부흥의 꽃을 피운 최대의 시인으로 간주된다.

셰익스피어는 별도의 소개가 필요 없을 정도로 유명한 작가이다. 그의 작품 활동은 몇 시기로 구분된다. 습작과 번안의 시기(1590년~1595년)에는 〈리처드 3세〉, 〈로미오와 줄리엣〉이 쓰였고, 희극과 역사극의 시기(1595년~1600년)에는 〈한여름 밤의 꿈〉, 〈베니스의 상인〉 등이 쓰였다. 그리고 비극의 시기(1600년~1608년)에는 〈햄릿〉, 〈오셀로〉, 〈리어왕〉, 〈맥베스〉 등이 쓰였다. 낭만극의 시기(1608년~1612년)에는 〈겨울이야기〉, 〈템페스트〉 등이 쓰였다.

이와 비슷한 시기에 활동한 벤 존슨 역시 셰익스피어에 버금가는 작가로 희극에서 탁월한 재능을 발휘했다. 또 토마스 모어는 영국 문예부흥의 기수로서 대표작으로는 〈유토피아〉가 있다. 셰익스피어가 활동하던 시기는 가히 영문학의

황금기라고 할 수 있을 만큼 많은 작가들이 활동했다. 특히 월터 랠리는 여왕과의 염문으로도 유명하지만, 〈세계의 역사〉를 쓴 작가로서, 영국 산문의 기초를 닦은 사람으로도 유명하다.

17세기의 작가들

17세기는 존 던과 같은 형이상학파 시인들이 활동하던 시기이다. 형이상학파 시인으로는 조지 허버트, 리처드 크래쇼, 헨리 본, 앤드류 마블 등이 있다.
한편 이 시기는 소위 왕당파 시인들이라 불리는 작가들이 활동한 시기이기도 하다. 토마스 커루는 궁정시인으로서 주로 연애시를 지었고, 존 서클링은 〈결혼식의 노래〉를 지었으며, 리처드 러블레이스와 로버트 헤릭은 성직자이면서 쾌락주의적 시를 남긴 것으로 유명하다.
청교도 시인으로 유명한 존 밀턴은 영문학 사상 가장 위대한 청교도 시인으로 〈실낙원〉은 그의 대표작이다.
왕정복고 시대의 대표적 작가인 존 드라이든은 시인, 산문작가, 극작가, 비평가로서 이성과 질서를 존중하는 신고전주의의 선구자이다. 새뮤얼 버틀러는 풍자 시인으로 두 인물을 통하여 정치, 종교, 사회가 대립하여 싸우는 시대상을 반영하기도 하였다. 〈천로역정〉을 쓴 존 번연은 성서 문학의 최고봉으로 간주된다.

18세기의 작가들

18세기는 신고전주의 시기라고도 불리며 알렉산더 포프나 새뮤얼 존슨이 활동한 시대이다. 알렉산더 포프는 18세기 고전주의의 가장 대표적인 작가

로 〈비평에 대하여〉, 〈인간에 대한 시론〉 등을 남겼고, 새뮤얼 존슨은 풍자시인, 비평가, 수필가, 전기 작가, 영어사전 편찬자로서 특히 비평에 많은 공헌을 했다. 그가 쓴 〈인간 소망의 헛됨〉은 대표적 풍자시이다.

다니엘 디포는 영국 소설의 선구자로 간주되며, 군인, 정치가, 종교가 등 파란만장한 생의 경험을 바탕으로 우리에게도 잘 알려진 〈로빈슨 크루소〉 등을 남겼다.

〈걸리버 여행기〉로 잘 알려진 조나단 스위프트는 예리한 비판정신, 신랄한 인생비평가, 냉소적 풍자가로 유명하며, 이 밖에 새뮤얼 리처드슨, 올리버 골드스미드, 호레스 월폴, 제임스 보스웰 등이 이 시기에 활동했다.

한편 시에서는 이 시대가 낭만주의에 해당한다. 에드워드 영, 윌리엄 콜린스, 토마스 그레이 등이 활동하였고, 우리에게도 잘 알려진 〈올 랭 자인〉으로 유명한 로버트 번스가 활동하였다. 또 윌리엄 블레이크의 시는 우리나라 최초의 신체시라고 알려진 최남선의 〈해에게서 소년에게〉의 모티브가 되기도 했다.

18세기부터 19세기 중반까지의 낭만주의 시대는 영문학에서도 많은 작가들이 배출된 시기이다. 우리에게도 너무나 잘 알려진 윌리엄 워즈워드가 대표적인 낭만주의 시인이다. 새뮤얼 콜리지는 시인이자 비평가, 신비철학자로 알려졌고, 바이런 경은 과격하고, 전통파괴적이며, 극단주의적인 낭만파 작가로서 그리스의 독립을 위해 직접 전쟁에 참여하였고, 영국으로부터 파면당하자

지식 TONG!

그리스에서 생을 마친 후, 근대에 들어서야 복권된 특이한 이력의 소유자이다. 퍼시 셸리, 존 키츠 등도 널리 알려진 낭만주의 시인들이다.

낭만주의 시대에는 다수의 소설가들이 영문학을 살찌우는 데 기여하기도 했다. 제인 오스틴의 〈오만과 편견〉은 최근에 영화로도 만들어져 전 세계적인 인기를 끌었다. 월터 스코트는 낭만주의적 역사소설을 썼다.

빅토리아조 시대의 작가들

19세기 후반부터 20세기 초를 빅토리아조라고 부르는데, 그 이유는 이 시기가 빅토리아 여왕의 치세기간이기 때문이다.

알프레드 테니슨은 빅토리아조 대표적 시인으로 1850년에 계관 시인이 되었다. 로버트 브라우닝은 연애지상주의적 사랑, 인생 찬미 등을 주로 다루었고, 매튜 아널드는 시인이자 비평가로 활동했으며, 단테 로세티는 화가 겸 시인으로 섬세한 감각으로 미를 추구했다.

이 시기의 산문작가로는 토마스 칼라일, 그의 계승자인 존 러스킨 등을 들 수 있다. 칼라일은 빅토리아 정신을 비난하여 사회 개혁을 주창하면서, 물질주의에 저항하여 진리와 자유를 염원하였고, 그의 계승자인 러스킨은 미술 비평가이자 심미주의자로 각광을 받았다.

19세기 후반기의 뛰어난 산문가로는 토마스 헉슬리를 빼놓을 수 없다. 그의 자연과학적 태도는 매우 유명하며, 다윈 이론을 적극 지지한 것으로도 유명하다.

이 시기의 소설가로는 찰스 디킨스가 대표적이다. 그는 소설의

지평을 넓힌 최고의 공로자로 인정받으며 사실주의자이자 인문주의자, 감성주의자, 도덕주의자로 평가받는다. 〈올리버 트위스트〉, 〈크리스마스 캐럴〉, 〈데이비드 카퍼필드〉와 같은 작품들은 우리에게도 잘 알려져 있다.

윌리엄 새커리는 중상류 계급을 대상으로 한 풍자적 소설을 썼고, 조지 엘리엇은 시대적 특성을 잘 집약한 빅토리아조 대표적 여류작가로 알려져 있다. 토마스 하디는 빅토리아 시대 후기의 자연주의 소설가이자 시인으로 〈더버빌 가의 테스〉의 작가이다. 자매 작가인 샬롯 브론테와 에밀리 브론테는 페미니즘 소설의 진수를 보인 것으로 정평이 나있다. 샬롯 브론테는 〈제인에어〉로 에밀리 브론테는 〈폭풍의 언덕〉으로 유명하다.

〈보물섬〉, 〈지킬박사와 하이드〉의 작가로 유명한 로버트 스티븐슨은 유쾌하고 신기한 모험 이야기를 사실적으로 묘사하였고, 이 밖에도 트롤럽, 조지 기싱 등의 작가들이 활동하였다. 기싱의 책은 몇 년 전에 〈기싱의 고백〉이란 이름으로 출판되어 나도 재미있게 읽은 기억이 있다.

근대 영문학 시기의 작가들

1900년 이후를 근대 영문학 시기라고 한다. 근대의 시인으로는 홉킨스가 우선 눈에 띈다. 그는 독창적인 운율과 시어로 종교시, 자연시를 썼다. 자연을 통하여 신의 섭리와 교훈을 깨닫고 물질주의에 의한 인간 타락을 풍자하는 시를 주로 썼다.

그러나 근대 영문학에서 빼놓을 수 없는 대시인은 뭐니뭐니 해도 윌리엄 예이츠이다. 그는 20세기 초 아일랜드 출신의

지식 TONG!

최대 시인이자 신비사상과 상징적 문학의 독자적 시 세계를 구축한 시인으로도 유명하다. 〈이니스프리 섬〉은 우리에게도 낯설지 않은 명시이다. 영문학에서 근대는 예이츠와 같은 대시인을 맞이하기도 했지만 엘리엇이란 시인을 빼놓고는 존재할 수 없는 시기이기도 하다.

엘리엇은 미국에서 태어나 영국으로 귀화한 시인으로 노벨 문학상을 수상한 대표적 모더니즘 시인이다. 특히 〈황무지〉는 우리나라들도 첫 구절을 암송할 만큼 유명하다. 현대인의 삶의 무목적성을 노래하였다. 일부 비평에 따르면 이 시는 〈캔터베리 이야기〉를 패러디한 것이라고도 한다. 즉, 〈캔터베리 이야기〉가 삶의 기쁨을 노래한 것이라면 〈황무지〉는 삶의 황무지와 같은 모습을 개탄한 것이다.

20세기의 작가들

20세기의 소설가로는 헨리 제임스와 조셉 콘라드를 들 수 있다. 제임스는 신구 양대 문화를 대조한 국제 주제 소설을 주로 썼으며, 인간의 내면 의식을 묘사하는 데 주력하였다.

콘라드는 해양소설을 주로 썼는데 〈어둠의 속〉, 〈로드 짐〉 등은 우리에게도 널리 읽힌 소설들이다. 또 웰스는 과학적인 아이디어를 예술적 창작으로 발전시킨 소설가이며, 존 골즈워디는 계급사회를 비난하고 인도주의를 강조하였다. 아놀드 베넷은 자연주의 작가로 프랑스 작가 모파상의 영향을 받았다.

20세기 소설가 중 가장 유명한 사람이 로렌스라는 데 이의를 제기하는 사람은 없다. 그는 문명의 발달로 억눌린 인간 본능을 회복해야 한다는 운동을 전개했으며, 〈채털리 부인의 연인〉, 〈아들과 연인〉 등의 소설을 썼다. 일부는 영

국에서는 물론 우리 사회에서도 오랫동안 금지된 서적이기도 했다.
서머셋 모옴은 세기말적 허무주의와 자연주의의 영향을 받았고, 아일랜드가 낳은 대문호인 제임스 조이스는 의식의 흐름이란 새로운 소설기법을 창시한 작가로도 유명하다. 모옴이 〈인간의 굴레〉와 같은 성찰적 작품으로 유명하다면, 조이스는 〈더블린 사람들〉, 〈율리시즈〉 등의 대작으로 유명하다. 또 20세기는 버지니아 울프의 시대이기도 하다. 〈등대로〉 등의 작품으로 우리에게도 친숙한 울프는 철학자 비트겐슈타인, 수학자이자 철학자인 러셀 등과 더불어 케임브리지의 블룸즈베리 그룹 멤버로 활동하기도 했다.
올더스 헉슬리는 소설가이자 수필가로 활동하면서 현대 사회의 정신적, 도덕적 혼란에 대한 신랄한 풍자로 유명하며, 포스터는 인도주의자로 중류 사회의 도덕적 타락을 폭로하고 하류 사회를 옹호한 작가로 유명하다. 〈인도로 가는 길〉은 영화로도 만들어져 우리 사회에서도 진한 감동의 물결을 불러일으키기도 했다.
20세기의 영문학사는 훌륭한 드라마의 출현을 목도하기도 했다. 조지 버나드 쇼는 사회주의자, 사회개혁자, 인류창조진화론자로서 약 53편의 희곡을 썼는데, 인간의 현실사회와 관념적인 여러 가지 문제를 주제로 다루었다. 제임스 베리는 〈피터팬〉과 같은 작품에서 보듯이 주로 환상의 세계를 다루었다. 대표적인 부조리 극작가로 알려진 베케트는 아일랜드의 문호 중 한 사람으로 유명하다.

영어선생님이 되기 위한 첫걸음, 영어교육학

영어교육은 영어영문학과보다는 영어교육학과에서 전문적으로 가르치고 배운다. 그런데 영어교육학과라고 할 경우, 과연 누구를 교육하는 것인가 하는 문제에 대해 생각해 보아야 할 것이다. 영어교육학과는 교사를 양성하는 사범 대학에 속해 있다. 따라서 영어교육은 대학생 자신에 대한 영어교육을 의미하는 것이 아니라, 장차 중고등학생들에게 영어를 교육할 교사를 양성하기 위한 커리큘럼을 의미한다. 그러니까 영어교육학과에 진학하는 학생들은 영어교사가 되기 위한 연구를 하는 것임을 명심해야 한다.

남에게 영어를 가르치기 위해서는 물론 본인이 영어를 잘 구사할 수 있어야 할 것이다. 최근에는 영어교사를 채용하는 경우에 영어로 면접을 보기도 하여 교사로서의 영어구사력을 검증한다고 한다.

즉, 영어영문학과와 마찬가지로 도구로서의 영어를 철저히 습득한 후, 영어교사로서의 자질을 함양하는 것이 영어교육학과의 임무인 셈

이다. 영어교육학과는 교사를 양성하는 곳이므로 당연히 교육학이라든가 교수방법론과 같은 분야를 공부할 것이다. 이와 더불어 외국어 교수법, 영어학습법 등에 대해서도 공부를 하게 될 것이다. 이런 의미에서 영어교육학은 순수학문인 영어학이나 영문학과는 달리 응용학문 분야에 속한다.

영어교육학 관련 과목 알아보기

영어교육학은 유능한 중고등학교 영어교사를 양성하는 것을 주된 목적으로 하고 있기 때문에 핵심 교과목은 영어교육 분야, 영어학 분야와 영문학 분야의 학문적 성과에 그 바탕을 두고 있다. 학부 과정의 저학년에서는 주로 영어학의 기초 이론과 영미문학의 주요 작품들을 읽고, 고학년에서는 더욱 심화된 영어학과 영문학 이론을 탐구한다. 또한 영어교육의 여러 이론적 성과를 교육현장에 응용하는 가능성을 탐색하게 된다.

영미어문 교육의 기초

전공탐색과목으로 영어교육의 기초가 되는 영어교육학, 영어학과 영미문학 분야에 대한 개관적인 내용들을 영미어문교육의 시각에서 통합적으로 제시한다. 특히, 영어교육 분야에서는 영어교육론, 영어교수법, 영어교재론, 응용언어학(심리언어학과 사회언어학), 영한대조분석 등을 배우고, 영어학 분야에서는 영어학개론, 영어음운론 등을 배우며, 영미문학 분야에서는 영미소설, 영미문학개론, 영미시, 영미희곡, 영미문학비평 등을 이해한다.

영어교육론

영어교육학의 기본 개념과 영어 학습과 교수에 대한 기초적인 이론과 실제를 배운다.

영어교과교육론

영어교과의 교육, 학습, 언어, 사회, 문화 등과 관련된 다양한 주제들을 분석하여 영어교과를 학습현장에서 가르치는 데 필요한 학술적 이론들을 배운다.

영어교수 및 지도법

영어 교육에 전체적인 교수법의 역사적 변천과 동향을 파악하고 다양한 교수, 학습 상황에서 효율적으로 영어를 가르치는 데 필요한 교수법과 지도법을 배운다.

영어교수법

외국어로서의 영어교육에 관한 기초 이론들인 언어학, 심리언어학, 사회언어학적 배경을 알아보고, 듣기, 말하기, 읽기, 쓰기 등 네 가지 기능의 지도와 평가의 이론과 실제를 다룬다.

응용언어학

언어학, 사회언어학, 심리언어학 등의 연구 결과를 언어교육, 언어정책, 언어와 사회와 문화 등 언어와 관련된 실제 문제에 응용하는 방법을 다룬다. 특히, 외국어교육과 관련된 제반 문제에 중점을 둔다.

영어교재론

이 과목을 통해 외국어교재 작성을 위한 교수요목 설계에 대해 배우며, 교재 준비방법과 그 교수방법에 대해 알 수 있다.

오류와 대조 분석

영어학습자 언어에 대한 오류분석은 물론 영어와 한국어의 대조분석을 다루며 오류분석을 통한 영어교수에의 적용방법에 초점을 둔다.

멀티미디어 영어교육

영어교육에서 멀티미디어와 정보 기술을 어떻게 이용하고 끌어들일 것인지를 논의하고 경험하는 것이 이 과목의 목적이다. 영어교육에서 기술의 활용과 관련된 여러 이론들과 컴퓨터, 인터넷과 다양한 정보 기술을 이해하고 활용하는 법을 배운다.

학교영문법

현대영어의 구문 구조와 기본 어법을 학교문법의 입장에서 고찰하며, 영문법 체계와 분석방법을 이해한다.

영어독해교육론

독해와 독해교육에 관한 나름대로의 견해를 결정하는 데 도움을 주고,

학생들에게 가장 최선의 독해 전략과 독해 이론을 습득하게 해준다.

중등영어교육 측정과 평가

영어 능력을 향상시키는 영어교육의 성격을 전제로 영어 능력과 평가의 본질은 무엇인지 등을 포함하여 영어 능력 평가의 여러 가지 이론에 대해 배운다. 또한 영어 능력 수준에 따른 적절한 평가 목표를 설정하고, 영어 교육의 영역별, 언어 기능별, 상황별, 의사소통 기능별 평가방법에 대해 연구한다. 나아가 실제로 평가 문항을 제작하고 검증을 통해 신뢰도, 타당도, 변별도를 검토하는 작업을 수행하게 된다.

중등영어 교육과정과 교재론

교재의 선택과 평가 그리고 그 응용에 관한 이론을 고찰하고 현행 중고등학교 교재를 분석하여, 수업안의 작성, 교수방법 등을 익혀 중고등학교의 학습 현장을 실제로 운영할 수 있는 기초와 경험을 쌓는다.

영미시 이해와 교육

대표적 영미시 구성요소를 소개할 뿐 아니라 그 성격과 다양성에 대한 이해를 돕는다. 또한 영미시에 내재된 중요한 사상을 감상적으로 이해하고 평가할 수 있는 적절한 영미시 독해기술을 학습하여, 올바르고 적절한 영미시 교육방법들을 습득하게 된다. 시와 독해와 작문을 겸한 개론 성격의 과목이다.

영미문학교육

다양한 현대 영미비평 이론을 통해 영미문학 작품을 이해하고 연구하는 영미문학 학습방법론에 대한 개론 과목으로 신비평, 역사 비평, 구조주의, 정신분석 비평 등의 비평이론을 다룬다.
또한, 실제 작품 분석에 응용함으로써 영미문학을 비평적으로 이해할 수 있는 능력을 발전시키고, 영미문학에 대한 작문과 토론을 통해 영미문학 교육에 대한 깊은 안목과 독창적 교육방법론을 함양시키는 것을 목적으로 한다.

영어작문 교육론

외국어로서 영어글쓰기의 이론적 문제에 대한 철저한 기반을 마련하고, 교실에서의 글쓰기 교육을 구성하는 교육적 문제를 광범위하게 다룬다. 또한 글쓰기를 가르치는 영어교사들이 직면하고 있는 중요한 문제점들을 폭넓게 다룬다.

영문법 교육론

영문법을 가르치기 위해서 영어교사가 알아야 할 영문법의 내용과 교수해야 할 문법내용과 순서, 교육 방법론, 교육자료 등을 공부한다. 특히 영문법을 여러 수준에서 그리고 다양하고

재미있는 방법을 통하여 가르치는 교수법을 연구하고 실습을 한다.

영어 멀티미디어 교육론

컴퓨터가 어떻게 영어교육에 새로운 차원을 도입하고 교사들의 업무를 보람 있게 하는지를 이해하는 과목이다.

영어 습득론

언어 학습과 습득, 외국어로서의 영어 습득을 심리학적, 언어학적, 심리언어학적, 사회언어학적 측면에서 규명해 보고, 영어 습득의 과정을 이해하기 위한 과목으로 중간언어 이론을 중심으로 연구한다.

미국문학 속의 자연주의, 청교도주의, 인종주의

〈주홍글씨〉만큼 우리에게 널리 알려진 미국소설을 찾기는 쉽지 않다. 호손의 대표작으로 1850년에 발표되었다. 청교도 목사인 딤스데일의 죄책감과 그와 간음한 여인 헤스터의 순수한 마음을 대비시켜 17세기 미국 청교도들의 위선에 대해서 말하고 있다.

소설 속에서 간음한 헤스터에게 A라는 주홍색 낙인을 찍는다는 설정은 곧 주홍글씨가 인간을 얽매는 굴레임을 의미한다.

간음혐의를 받은 피고 헤스터에 대한 재판이 열린다. 판사들은 헤스터와 간음한 남성이 누구인지를 묻지만, 그녀는 끝까지 답변하지 않는다. 간음을 뜻하는 A라는 낙인이 찍힌 채, 사람들의 구경거리가 되어도 그녀는 입을 열지 않는다. 이때부터 헤스터와 딤스데일 목사가 대비된다. 헤스터는 삯바느질을 해서 딸과 단둘이 먹고 사는 어려운 처지였지만, 가난한 이웃들을 섬기기 시작한다. 물론 그녀의 섬김을 받는 이웃들은 고맙다는 말조차 하지 않은 채 냉담한 반응을 보인다. 이에 반해 딤스데일은 겉으로는 거룩한 개신교 목사로 행세하지만, 속으로는 죄책감에 시달린다. 결국 그는 사람들 앞에서 죄를 고백하고 숨을 거둔다.

신흥 개척사회에서 필요한 도덕적 기준의 확립이 필요했던 당시의 시대적 분위기

에서 청교도주의는 매우 강력한 사회적 도덕규율이 되었다.

미국의 청교도주의는 16세기 영국에서 일어난 후에 미국으로 퍼져 나간 특정의 역사적 운동이다. 미국에 이주한 청교도들은 교육자 양성을 위해 1636년 하버드 대학을 설립하였다. 근본적인 그들의 교육 목적은 일반 신도들의 교리 이해와 종교적 원리 그리고 사회적인 규율 간의 적절한 조화였으며 이는 미국 교육의 기초가 되었고, 1642년에는 세금으로 운영되는 교육을 최초로 실시하였다.

16세기에서 17세기 동안 전 유럽과 미 대륙 그리고 뉴잉글랜드 지방을 휩쓸던 마녀 선풍이 있었는데, 특히 뉴잉글랜드의 마녀 선풍은 청교도 사회가 낳은 폐단을 단적으로 지적하는 것이었다.

미국문학에는 자연주의 사상이 강하게 드러나기도 한다. 소로우의 〈월든〉은 대표적인 자연회귀의 소설이다. 비록 잠시 동안이긴 했지만, 소로우는 교사직을 버리고 렉싱턴의 월든 호숫가에 직접 집을 짓고 청빈한 생활을 하기도 하였다.

한편 미국 문학사에서 빼놓을 수 없는 것이 인종주의이다. 노예제도를 유지했던 미국에서 인종주의는 원죄적 문제이자 현재까지도 진행 중인 사회문제이다. 19세기 미국에서는 〈엉클톰스캐빈〉(1852)이 나오자마자 100만 부가 팔렸고, 이듬해에는 연극으로 상연되었으며 세계 각국에서 번역 출간되었다. 작품의 예술성은 어떻든 세상을 크게 흔든 소설이었다. 노예를 해방한다는 기치 아래 진행된 남북전쟁이 끝나자 남부는 폐허가 되고 신생국 미국은 새로운 진로를 굳히면서 대륙국가로서 도약을 시작하였다. 인종문제는 이후 미국 문단에서 크게 주목받지 못했지만, 1960

년대 이후 유대계 작가와 흑인작가의 활약으로 다시금 조명을 받게 된다. 흑인문학에는 〈보이지 않는 사람〉의 엘리슨에 이어 알렉스 헤일리의 〈뿌리〉가 있다.
그리고 미국의 흑인작가 최초로 노벨 문학상을 받은 토니 모리슨의 〈가장 푸른 눈〉과 〈솔로몬의 노래〉가 1970년대 중반에 간행된다. 토니 모리슨과 더불어 〈컬러 퍼플〉의 작가인 워커는 흑인의 역사나 아프리카와 유럽의 신화 등을 소재로 한 독창적인 페미니스트 소설을 발표하기도 했다.

의사소통을 위한 도전, 통번역

study #04

통번역은 인류의 역사와 함께 시작되었다고 해도 과언이 아니다. 성경에 의하면 하나님은 아담을 만드신 후 그가 동물들에게 어떻게 이름을 짓는지를 보면서 아담이 각 동물에 맞게 이름을 지어서 흡족해하셨다는 내용이 나온다.

그렇다면 아담과 하나님은 어떻게 대화를 했을까? 하나님은 전지전능하니까 그렇다 치고, 아담은 하나님께 어떤 언어를 사용하여 말을 했을까? 또 아담은 그의 아들에게 어떤 언어를 가르쳤을까? 성경의 창세기에 의하면 인간들이 바벨탑을 쌓아 하나님의 권위에 도전하자 하나님이 언어를 뒤바꾸어 놓음으로써 인간들끼리 소통하는 것을 막았다는 이야기가 나온다. 그렇다면 인간들끼리 서로 의사소통을 하기 위해 어떤 언어를 사용했을까? 통역관이 필요하진 않았을까?

통역과 번역은 서로 다른 문화를 가진 집단이 있는 한 언제든지 필요한 것이다. 중국의 선진 문물을 도입할 때는 중국어를 구사하는 통역

관과 번역가가 필요하고, 미국의 선진 문물을 받아들이기 위해서는 영어를 구사하는 통역관과 번역가가 필요하다.

통역과 번역은 각각 말과 글이라는 차이점 외에는 본질적으로 같다. 외국어를 자국어로 옮기거나 혹은 자국어를 외국어로 옮긴다는 점에서 둘은 같다고 볼 수 있다. 영문학에서는 아무래도 영어를 우리말로 혹은 우리말을 영어로 옮기는 작업을 주로 하기 때문에 과목 구성은 영어와 우리말에 대한 훈련으로 이루어진다.

통번역 관련 과목 알아보기

영어 글쓰기 입문

학생들의 문어 의사소통 능력을 함양하기 위한 강좌로, 문장 단위의 짧은 글쓰기에서부터 문단과 텍스트 단위로 점차적으로 이행한다.

영어숙달

다양한 분야의 구어 텍스트를 듣고 언어 바꾸어 말하기, 요약하기, 그 자리에서 주어지는 문어 텍스트에 대한 이해도 측정을 위한 확인 문제 풀기 등의 다양한 과정으로 이루어진다. 이러한 과정을 통해 영어 구사력을 통역 · 번역에 필요한 수준으로 높일 수 있다.

통번역 입문

통역과 번역을 전공으로 공부하고, 나아가 통역과 번역을 직업으로 추구하고자 하는 학생들을 위한 기초 교양강좌에 해당한다. 통역과 번역의 체계적 이해에 필요한 기본개념들을 소개하는 한편, 통역사 · 번역사로서 갖추어야 할 기초능력을 함양할 수 있는 연습 기회도 제공한다. 또한 국내외 통역 · 번역 시장 동향과 전망, 직업 통역 · 번역사로서 구비해야 할 능력과 자질, 직업윤리 등에 대한 소개도 이루어진다.

영한 번역 기초

다른 문화 간 커뮤니케이션 행위로서의 번역이 추구해야 할 목표와 기본적 번역방법 소개를 통해 번역 · 독해 · 강독의 차이를 이해하고 이를 번역에 적용할 수 있도록 이끄는 번역 기초 입문 과정이다.

영한 통역 연습기초

구어로 된 영어 텍스트를 우리말로 재구성해 발표하는 훈련을 하는 과목이다. 단계별 접근법을 채택하여, 먼저 듣기 훈련을 집중적으로 한 후, 이해한 메시지를 우리말로 자연스럽게 표현하는 연습을 한다.

통역듣기

본격적인 통역 연습을 위한 예비단계로 학생들의 듣기능력을 함양하는 강좌이다.

한영 번역 기초

이 과목을 통해 한국어 텍스트를 영어 텍스트로 재구성하는 훈련을 한다. 먼저 복잡한 한국어 문장을 의미단위로 나누어 번역하기에서 시작하여, 단문들을 복잡한 하나의 문장으로 병합하기, 문장끼리의 연결을 위한 적절한 접속사 사용, 문단 구성하

기 등 단계별로 이행하는 과정을 통해 실력을 향상시킬 수 있다.

영한시역

사전준비가 전혀 또는 거의 없는 상태에서 텍스트를 읽고 즉흥적으로 구두 번역하는 훈련을 하게 된다. 학생들에게 '텍스트 의미단위' 개념을 도입하여, 주어진 텍스트를 단어 대 단어로 옮기는 접근법의 문제점을 이해하고, 대신 의미단위를 중심으로 텍스트를 다루는 훈련을 한다.

고급 영 · 한 번역

'기초', '중급', '고급' 으로 이루어진 영한번역 강좌의 가장 높은 단계이다.

노트테이킹과 영 · 한 순차통역

본격적인 통역 연습에 필요한 기초능력을 함양하는 강좌로, 노트테이킹의 원리와 방법을 설명한 다음 차츰 텍스트의 길이와 난이도를 높여가면서 순차통역 연습을 진행한다.

영한 통역연습

노트테이킹과 영 · 한 순차통역에서 익힌 기술을 바탕으로 비교적 길이가 짧고 내용이 단순한 텍스트를 중심으로 실질적인 통역을 연습한다.

영한 정치경제번역

세계 경제, 금융, 통상 분야를 중심으로 IT, 국제상거래법 등 다양한 분야의 텍스트를 번역하는 가운데 해당 분야의 관련 지식과 전문용어를 습득하게 된다. 이로써 번역방법은 물론 주제 분야에 대한 지식도 동시에 함양할 수 있다. 학생들의 해당 분야 기본개념 이해를 돕기 위해 주제별로 텍스트를 미리 선정하여 필요한 개념과 정보들을 사전 리서치하고, 그 결과를 개념 정리와 전문용어 대응어 목록(한국어와 영어)으로 작성하여 발표 또는 제출하도록 한다.

문학번역

텍스트의 표현 완성도를 중시하고 번역작업 가운데 가장 광범위한 독자층을 대상으로 이루어지는 문학, 출판 번역을 위한 능력을 기를 수 있다. 실제 번역 연습 이외에 한국어 문학, 출판시장 동향과 한영 문학번역의 가능성을 소개한다. 또 한국어 맞춤법과 교정부호 사용법 등을 정리하고, 실제 다른 사람이 번역한 텍스트를 놓고 평가하고 퇴고하는 연습도 하게 된다.

영미 문학번역

영미문학을 중심으로 문학 작품의 번역방법을 알고 이를 통한 작품 이해 능력도 향상시키는 것이 이 과목의 목표이다. 이를 위해 텍스트에 대한 꼼꼼한 독해와 번역에 초점을 맞추어 강의가 진행된다.

비즈니스번역

국제적 비즈니스 환경에서 일어나는 제반 문제를 중심으로 다양한 텍스트를 번역한다. 이러한 가운데 해당 분야 지식과 전문용어를 습득하게 됨은 물론 번역방법과 주제 분야 지식을 동시에 기를 수 있다.

드라마 청취와 번역

영화를 통해 듣기, 번역, 쓰기 등 영어의 전반적 기술을 습득하는 과목으로 표준영어뿐 아니라 미국식 사투리, 영국식 영어 등 다양한 영어 표현을 접할 수 있다.

번역 잘하는 노하우

다독이 다작보다 낫다는 사실은 누구나 알고 있다. 특히 번역의 경우 내가 써낼 수 있는 것보다 훨씬 더 많은 노력을 읽는 데 바쳐야 할 것이다. 단순한 언어능력만으로는 훌륭한 번역물을 생산할 수 없다. 꽤 많은 책을 읽는 번역가인 류시화는 1년 중 많은 시간을 인도나 미국에서 보낸다고 한다. 번역을 잘하기 위해 굳이 인도나 미국에 갈 필요는 없다고 말할 수도 있지만, 그가 인도나 미국에 감으로써 거기서 쓰인 작품들을 좀 더 잘 이해할 수 있을 것임이 틀림없다. 우리가 직접 작품의 무대가 된 지역으로 갈 수는 없다 하더라도 탄탄한 배경 지식을 가지고 있다면 해당 작품을 이해하는 데 도움이 될 것이다.

번역을 잘하기 위해서는 또한 모국어를 잘 알아야 한다. 우리말을 잘 구사할 수 없다면 외국 작품을 아무리 잘 이해했더라도 그것을 우리말로 정확하게 옮기기는 쉽지 않을 것이다. 그래서 나는 종종 학생들에게 몇몇 사람들의 작품들을 읽을 것을 권한다. 물론 나의 권고가 절대적으로 옳다는 것은 아니다. 이는 순전히 나의 개인적인 취향일 수도 있기 때문이다.

내가 권하는 이들은 다음과 같다. 먼저 고종석의 글을 추천한다. 그의 글 어떠한 부분도 버릴 것이 없다고 여겨진다. 〈모국어의 속살〉이나 〈발자

국〉 등 매우 다양한 그의 글들은 우리말의 아름다움을 누구보다도 효과적으로 보여주고 있다.

물론 번역에 뜻을 둔 사람이라면 류시화나 정영목, 이윤기 등의 책들을 보는 것도 도움이 될 것이다. 박완서, 양귀자 등도 내가 두루 읽는 작가들이다. 그리고 좀 더 야심있는 사람이라면 김현의 전집을 볼 것을 권한다. 아마도 김현의 전집을 읽은 사람들은 자연스럽게 조정래의 〈태백산맥〉이나 홍명희의 〈임꺽정〉을 보는 것이 무리가 아닐 것이다.

그리고 마지막으로 일본의 작가 시오노 나나미의 〈로마인 이야기〉를 읽기를 권한다. 여기 언급된 사람들은 나의 두서없는 독서의 흔적들이긴 하지만 훌륭한 번역가가 되기 위한 훈련으로는 손색이 없을 것이라 생각된다.

교수님 들려주는 '나의 애송시'

나는 로버트 프로스트의 〈가지 않은 길〉을 좋아한다. 두 갈래 길이 있을 때 가지 못한 어느 한쪽에 대한 선망, 안타까움, 미련은 바로 우리의 인생이다. 모든 것을 선택할 수 없는 선택의 순간들에 대해 프로스트만큼 예리한 관찰의 칼날을 들이댄 사람은 없다.

그는 샌프란시스코 출신이지만, 10세 때 아버지가 죽자 뉴잉글랜드로 이주하여 오랫동안 버몬트의 농장에서 살게 되었다. 아마도 내가 보스턴에서 살았던 5년의 체류 경험이 그에 대한 애착을 더 강화시켰는지도 모르겠다. 그러나 이러한 개인적 연줄 찾기와는 상관없이 프로스트의 탁월한 능력 즉, 이 지방의 소박한 농민과 자연을 노래함으로써 현대 미국 시인 중에서도 가장 순수한 고전적 시인으로 남았다는 사실은 그를 좋아할 충분한 이유가 된다. 그는 후에 교사와 신문기자로 전전하다가 1912년 영국으로 건너갔는데, 그것이 시인으로서의 새로운 출발이 되었다. 그곳에서 그는 영국의 시인들과 친교를 맺게 되었고, 그들의 추천으로 첫 시집을 출판하게 되었다. 〈보스턴의 북쪽〉은 시인으로서의 그의 지위를 확립하는 계기가 되었으며, 1915년에 미국으로 귀국하여 신진 시인으로 환영받는다. 신과 대결하는 인간의 고뇌를 그린 〈이성의 가면〉과 성서의 인물을 현대에 등장시킨 〈자비의 가면〉을 거쳐 1962년에 〈개척지에서〉를 출판하였는데, 이것이 최후의 시집이 되었다.

그는 폭넓은 교제 덕분이었는지 케네디 대통령의 취임식에서 자작시를 낭송하는 등 미국의 '계관시인' 과 같은 존재였으며 퓰리처상을 네 번이나 수상하였다. 자, 이제 나의 애송시 〈가지 않은 길〉을 함께 감상해 보자.

The Road Not Taken

Two roads diverged in a yellow wood,
And sorry I could not travel both
And be one traveller, long I stood
And looked down one as far as I could
To Where it bent in the undergrowth;
Then took the other, as just as fair,
And having perhaps the better claim,
Because it was grassy and wanted wear;
Though as for that the passing there
Had worn them really about the same,
And both that morning equally lay
In leaves no step had trodden black.
Oh, I kept the first for another day!
Yet knowing how way leads on to way,
I doubted if I should ever come back.
I shall be telling this with a sigh
Somewhere ages and ages hence;
Two roads diverged in a wood, and I ······
I took the one less traveled by,
And that has made all the difference.

세계의 문화를 만나는 지역학

영문과 졸업생들에게 사회가 기대하는 것은 영어구사 능력 외에도 영미사회에 대한 다양한 지식이다. 영문과를 나온 사람이 영국의 역사나 미국의 역사에 대해 무지하고, 오로지 영어만 구사할 수 있다면 이는 마치 콘텐츠 없이 언어능력만을 소유한 컴퓨터와 다를 바 없다. 대학 출신자들에게 기대하는 것은 고도의 문제해결 능력과 다양한 지식 그리고 언어구사력이라는 것을 잊지 말자.

수십 년 전에는 다양한 문학 작품을 읽음으로써 배경지식을 습득했다. 하지만 최근에는 영문학 작품도 읽지만 그것보다는 다양한 멀티미디어 자료와 문헌 자료를 이용하여 문화적 배경, 정치사회적 지식 등을 얻고 있다. 영어를 구사하는 것 못지않게 미국의 정치, 경제, 문화, 사회적 배경지식을 습득하는 것은 매우 중요한 일이 되었다.

지역학 관련 과목 알아보기

영국의 이해

영국의 정치, 사회, 문화, 역사 등을 개괄적으로 살펴보고, 영국의 특징적인 모습이 영국인의 언어생활에서 어떤 방식으로 표출되는지를 분석한다.

미국의 이해

미국의 정치, 사회, 문화, 역사 등을 개괄적으로 살펴보고, 미국의 특징적인 모습이 미국인의 언어생활에서 어떤 방식으로 표출되는지를 분석한다.

American Pop Culture

외국인 교수님이 강의하는 수업으로 이 강의는 영화와 팝음악 그리고 문학 텍스트를 같이 접목시켜서 진행된다.

다문화연구입문

세계화와 발맞춰 지역화도 함께 진행되고 있는 시기에 번역을 매개로 만나는 문화가 어떻게 서로 반영되는지를 연구한다.

영미지역 사정연구

기본 언어능력은 물론 영미문화에 대한 이해를 높이기 위해 영미지역 사정에 대한 종합적인 지식과 정보수집 능력을 기른다.

영미 문화비교와 이해

영국과 미국의 사회 문화에 관한 기초적이고 필수적인 정보와 지식의 습득한다. 이를 위해 두 나라의 역사, 지리, 문화와 제도, 사회 관습, 정치, 경제 등을 공부한다.

국제관계 이해

최근에 일어나고 있는 국제사회의 여러 기본적인 문제점을 이해하고 국제관계와 세계 주요 지역의 여러 영역에서 나타나는 현상들에 대한 지식을 습득한다. 통번역사가 되기 위한 기본적인 자질을 기르는 데 있다.

재미 TONG!

영국인의 언어생활 vs 미국인의 언어생활

영국인들은 매우 보수적이고 감정 표출이 절제된 민족이라고 알려져 있다. 이에 비해 미국인들은 매우 쾌활하고 솔직하며 다른 문화에 대해 열린 자세를 가지고 있다고 알려져 있다. 영국에 처음 가는 사람들은 영국인들의 거만한 태도 때문에 불편하게 생각할지도 모른다. 그리고 이와는 대조적으로 미국인들은 매우 친절하고 붙임성이 뛰어나다고 느낄 것이다.

언어에서도 이러한 자세가 드러난다. 영국인들은 낯선 사람에게 말을 걸거나 인사를 하지 않는 데 비해 미국인들은 때와 장소에 관계없이 언제나 타인에게 친절하게 인사를 한다.

그러나 이러한 표면적 차이에도 불구하고 모든 인간은 비슷하다. 깊이 사귀어 보면 영국인이나 미국인이나 별다른 차이가 없다는 것을 느낄 것이다. 언어에서 나타나는 표면적 차이는 말 그대로 표면적 차이일 뿐이다.

영어를 배운다는 것은 단순히 어휘와 문장의 차이를 배워서 사용하는 것이 아니다. 해당 사회의 문화적 차이를 이해하지 못하고는 언어를 배우는 것이 가능하지 않다. 어떤 사람이 선생님을 부르기 위해 "teacher!"라고 불러보았지만 선생님이 반응을 보이지 않았다는 얘기를 들은 적이 있다. 분명 선생님은 'teacher' 인데 왜 그랬을까?

중요한 사실이 있다. 미국에서는 초중등학교의 선생님을 부를 때 성에 Miss나 Mr.를 붙여 Miss Daisy처럼 불러야 한다는 것이다. 이러한 문화적 사실을 알지 못하고서는 영어를 제대로 사용할 수 없게 된다.

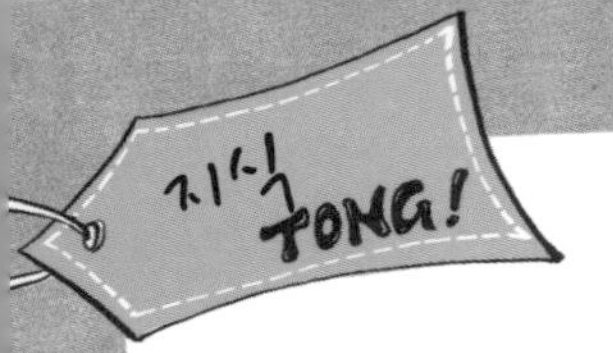

교수님이 추천하는 책들
"모든 분야의 책들을 읽어라!"

현대 학문은 통합과 융합을 특징으로 한다. 문학과 생물학, 언어학과 컴퓨터 공학, 법학과 미술이 융합되고 통합됨으로써 새로운 분야로 확장되고 있다. 이러한 변화는 영어영문학에서도 예외는 아니다. 전통적인 명칭이던 영어영문학과는 영미문화학과, 영미언어와 문화학과와 같은 식으로 바뀌고 있는 것을 봐도 알 수 있다.

이러한 경향에 맞추어 미래를 준비하기 위해서는 다음과 같은 독서방식이 좋을 것으로 생각된다. 즉, 자신이 전공하고자 하는 학과에서 반드시 읽어야 할 저서들은 가급적 피하고, 자신의 전공과 관련해서 거의 읽지 않을 저서들을 읽는 것이다. 가령 영문과에 진학할 학생들은 전공과 관련해서 수학이나 과학 저서들을 읽을 필요성이 거의 없다. 개인적 호기심에서라면 모르지만, 이러한 분야의 저서들은 전공과 아무런 관련이 없기 때문이다. 그렇기 때문에 이러한 분야의 저서들은 지금 이 시기에 읽지 않으면 앞으로도 펼쳐볼 일이 거의 없을 것이라고 본다.

폭넓은 교양을 위해서는 다양한 분야의 저서들을 섭렵할 필요가 있다. 물론 자신의 전공 분야 저서들을 미리 독파해 두는 것도 나쁘다고는 할 수 없다. 이러한 독서 역시 단순한 선행학습식의 독서가 되어서는 안 된다. 대학은 문제 해결능력을 중시하고 창조적인 대안을 모색하는 곳이기 때문이다.

독서를 할 때는 먼저 분야를 정하는 것이 좋다. 가령 수학, 과학, 생물, 지리, 미술, 음악, 문학, 역사, 여행, 인물평전 등과 같이 대략적인 범주를 나누고 해당 분야의 대표적인 저서들을 읽어나가는 것이 좋다. 또한 동시대 작가의 저서, 고전, 국내서, 외국도서 등과 같은 범주로 나누고, 원하는 저서를 찾을 수도 있을 것이다. 자, 떠오르는 저서들을 무작위로 소개해 보겠다.

무한한 독서의 세계로 안내해 줄 책

우선 독서의 방식을 정하기 위해 나는 다치바나 다카시의 비교적 두꺼운 저서를 권하고자 한다. 〈피가 되고 살이 되는 500권, 피도 살도 안 되는 100권〉이란 긴 제목의 이 책은 일종의 독서일기이다. 일본의 최고 지식인으로 불리는 저자가 읽은 방대한 저서들 중에서 간단하게 쓴 서평과 일기를 간추린 것이다. 다카시란 한 개인이 얼마나 많은 저서를 읽었는지를 고스란히 보여주기도 하지만 한편으로는 어떤 저서들이 우리 시대에 문제가 되고 있는지를 보여주는 안내서이기도 한다. 이 책에 언급된 저서들 중에서 우리말로 번역된 책을 골라 읽는 것도 괜찮을 것이라 생각된다.

문화에 대해 알고 싶다면?

영어영문학과 관련되는 저서들부터 살펴보자. 영문과에서는 영어학이나 영문학을 직접 공부하기 때문에 배경지식을 배울 기회가 없다. 따라서 영국사나 미국사에 관한 도서, 영미문화에 관한 도서를 읽어두는 것이 좋다. 앙드레 모로아의

〈영국사〉와 허쉬의 〈미국의 역사〉을 추천하고 싶다. 미국의 문화와 역사에 대해서는 많은 저서들이 있으므로 어떤 것을 읽어도 상관없다. 그러나 균형 잡힌 시각을 위해 노암 촘스키의 저서들을 읽을 필요가 있다. 촘스키는 뉴욕타임즈가 인류 역사상 가장 자주 언급되는 여덟 번째 인물로 꼽을 만큼 중요한 사상가일 뿐만 아니라 현대 언어학의 창시자로서 그의 평전을 읽어두는 것은 좋다. 로버트 바스키의 〈촘스키, 끝없는 도전〉은 입문서로 추천할 만하다.

언어와 문학에 대해 알고 싶다면?

언어 관련 저서로는 김진우의 〈언어〉, 장영준의 〈언어의 비밀〉, 조지 밀러의 〈언어의 과학〉을 꼭 읽어야 한다. 이 저서들은 단순한 언어학 개론서라기보다 인문학적 소양을 위한 기초가 되는 언어를 다루고 있다. 또한 김현의 〈문학의 힘〉은 매우 짧은 책이지만 문학에 대해 아주 강력한 통찰력을 전해준다. 영문학이나 영어학의 전공과 깊이 관련된 저서들은 어차피 읽을 것이므로 여기서는 소개하지 않겠다.

조지 오웰의 〈1984〉는 언어와 사상의 관계를 잘 보여주는 명저로 언어학이든, 문학이든 전공에 상관없이 꼭 읽어볼 만한 가치가 있다. 조지 오웰의 다른 저서들과 더불어 루이스 캐럴 저서들도 눈여겨볼 만하다. 〈이상한 나라의 엘리스〉는 단순한 어린이 소설이 아니라 고도의 언어적 장치들이 동원된 풍자작품이므로 대학생의 눈으로 다시 볼 만하다. 질 들뢰즈의 〈감각의

논리〉는 바로 이 작품을 분석한 철학서이다.

또한 우리의 고전인 최현배의 〈우리말본〉과 최세진의 〈훈몽자회〉를 권하고 싶다. 〈우리말본〉은 너무 길어서 모두 읽기는 어려우므로 일부분이라도 보아서 우리말 연구에 대한 이해를 넓혀둔다면 앞으로 영어학과 언어학과 관련하여 시사점을 얻을 수 있을 것이다.

최근의 책들로는 고종석의 모든 책들을 권하고 싶다. 〈모국어의 속살〉, 〈국어의 풍경들〉, 〈감염된 언어〉, 〈언문세설〉 등은 모두 주옥같은 작품들이다. 언론인이자 소설가, 시인, 언어학자, 칼럼니스트 등 다양한 재능을 가진 고종석은 자타가 공인하는 미려한 문체의 소유자로서 글쓰기의 전범이 될 만하다. 그와 더불어 조세희의 〈난장이가 쏘아올린 작은 공〉이나 김현의 일련의 저서들은 글쓰기를 연습하는 데 꼭 참고해야 할 명저들이다.

유려한 문체의 매력에 빠지고 싶다면?

문체와 관련해서는 개인적으로 류시화나 박완서의 책들을 권하고 싶다. 나는 이들의 문학성이나 문학적 가치에 대해서는 잘 모른다. 그러나 적어도 문장이 매우 매끄럽다는 점에서 참고할 만하다고 생각한다. 프랑스 작가 장 그르니에의 〈섬〉은 부담 없이 읽을 수 있는 짧은 소설이다. 번역서이면서도 아름다운 문체를 느낄 수 있는 빼어난 작품이다. 이 책과 함께 앙드레 지드의 〈전원교향곡〉이란 단편소설을 읽으면 비록 번역을 통하긴 하지만 프랑스어의 정교함과 아름다움을 느낄 수 있을 것이다. 둘다 소설이기 때문에 부담 없이 읽을 수 있으며, 문학적 아름다움을 느낄 수 있다. 또 이렇게 호흡이 짧은 작품으로 헤밍

지식 TONG!

웨이의 〈노인과 바다〉를 권하고 싶다. 다만 영어영문학과에 진학할 것이라면 원어로 읽어 보거나 오디오 북을 이용하여 원어로 들어보는 것이 좋겠다. 서머셋 모옴의 〈달과 6펜스〉도 헤밍웨이의 〈노인과 바다〉처럼 오디오 북으로 들어볼 만한 책이다. 아마도 미국영어와 영국영어의 차이를 느낄 수 있을 것이다. 나는 개인적으로 미술을 좋아하는 관계로 〈달과 6펜스〉를 박완서의 〈나목〉과 비교하면서 읽은 적이 있다. 둘다 화가를 주인공으로 하였다.

언어학을 보다 깊이 있게 들여다보고 싶다면?

영어학과 관련해서는 중국의 최초의 사전이자 언어학 저서인 〈설문해자〉나 그것의 해설서를 보는 것도 큰 학문을 위해 필요하다고 생각된다. 물론 동양의 언어학에 대한 관심이 없는 경우에는 이 저서들을 자세히 볼 필요는 없지만, 학문의 대상이 결국 우리 자신에 관한 호기심에서 출발하는 것이므로 학문의 지평을 넓히기 위해서는 동양의 고전에 대한 관심을 놓아서는 안 될 것이다. 그런 의미에서 비숍의 〈조선과 그 이웃 나라들〉은 전공을 불문하고 꼭 읽어보아야 할 책이다.

언어학의 아버지라 불리는 소쉬르의 〈일반언어학강의〉도 한번쯤 읽어둘 가치가 있다. 최근의 도서들로는 최경봉의 〈우리말의 탄생〉, 데이비드 크리스털의 〈왜 영어가 세계어인가〉를 꼭 읽어두어야 한다. 또한 고미숙의 〈신열하일기〉 등을 통해 우리 조상들의 언어생활을 엿볼 수 있다. 〈삼국유사〉나 〈삼

국사기〉, 〈조선왕조실록〉도 시간이 허락한다면 한번쯤 읽어볼 가치가 있다. 데보라 태넌의 〈남자를 토라지게 하는 말, 여자를 화나게 하는 말〉이나 〈내 말은 그게 아니야〉를 비롯한 일련의 저서들은 언어생활의 본질에 대해 생각하게 해주는 귀한 책들이다.
죠지 레이코프의 〈프레임 전쟁〉은 언어와 정신의 관계, 언어와 정치의 관계를 보여주는 독특한 책이다. 시라카와 시즈카의 〈문자강화〉는 일본 최고의 한자학 학자의 어쩌면 마지막 저서가 될지도 모르는 역작이다. 물론 일반대중을 대상으로 한 강연을 책으로 묶었다는 형식을 띠고 있지만 그 깊이에 있어서는 다른 학술서 못지않은 명저이다.

다른 분야의 책들은?

이제 영어학이나 영문학과 상관없는 도서들에 대한 이야기를 해보자. 나는 학창시절 수학을 유난히 싫어하였고 잘하지도 못했다. 그러나 성인이 되고 나서 우연히 접한 수학책들의 매력에 심취한 적이 있다. 초등학생을 대상으로 한 수학 이야기인 엔첸스베르거의 〈수학귀신〉이나 박경미의 〈수학 비타민〉, 안나 체라솔리의 〈놀라운 수의 세계〉를 비롯한 수학 저서들을 매우 재미있게 읽었다. 무엇보다도 파인만의 일련의 저서들은 수학책으로서만 아니라 지식인의 학문에 대한 열정을 볼 수 있는 가치 있는 책들이다. 〈파인만 씨, 농담도 잘하시네〉나 〈파인만의 물리학 강의〉는 빼놓을 수 없는 흥미로운 책들이다. 〈투바〉는 파인만이 이루지 못한 여행계획을 친구의 아들이 서술한 짧은 책으로 역시 교양인으로서 꼭 읽어야 할 책이다.

지식 TONG!

히로나카 헤이스케의 〈학문의 즐거움〉은 수학자의 책이긴 하지만 전공과 상관없이 읽어볼 만한 책이다. 저자가 늦은 나이에 학문에 투신하기로 결심한 후 이룬 학문적 성취와 즐거움을 담담하게 펼쳐나갔다. 또한 〈여행의 기술〉, 〈불안〉 등을 쓴 알랭 드 보통의 저서들은 유려한 문체와 심오한 성찰이 돋보이는 책들이다. 나는 그의 많은 저서들을 읽으며 경탄했던 기억이 있다. 국내에 소개된 책들을 읽으며 동시대인인 저자에 대해 무한한 질투와 존경을 느꼈었다.

여기서 언급하지 않은 고전들은 말할 것도 없이 권장도서이다. 플라톤의 〈국가〉, 아리스토텔레스의 〈형이상학〉 등 서양의 고전들, 프로이트의 〈꿈의 해석〉, 존 듀이의 〈시민 불복종〉, 동양의 고전들은 이루 말할 것도 없다. 좀 두껍고 읽기 어려운 책이지만 에드워드 사이드의 〈오리엔탈리즘〉은 학문을 하고자 하는 사람이라면 읽어야만 할 책이다.

CAN

1. 세계의 명문 하버드 대학교 탐방

2. 영어의 본고장, 영국의 진취적 변화

3. 셰익스피어를 재조명해라!

4. 끊임없이 발전하는 영어영문학 파워!

영어영문학 미래를 상상하다

세계의 명문 하버드 대학교 탐방

학문은 사회와 시대의 필요에 따라 생겨나고 변화한다. 조선시대에는 중국의 학문이었던 유학이 우리 사회를 이끄는 선도적인 학문이었다면 현재는 생산성과 정신적 풍요를 추구하는 서양의 학문이 주류를 이루고 있다. 지구촌이라는 말이 유행하고 전 세계가 하나로 연결된 지금의 우리 사회는 독립적으로 움직이지 않고 세계와 함께 움직이기 때문에 학문도 세계적 조류의 영향을 받을 수밖에 없다.

선진국이나 이웃나라의 학문적 경향에 관심을 가지는 이유는 이러한 시대적 상황 때문이다. 학문은 시대의 상황과 요구에 따라 끊임없이 변한다. 따라서 현재 외국 대학의 학문체계도 언젠가는 바뀌게 될 것이다. 다만 선진국 대학의 영어영문학 관련 학문 동향을 살펴봄으로써 미래의 학문이 어떻게 탈바꿈할 것인지에 대한 전망을 해볼 수 있을 것이다.

하버드 대학교도 이러한 세계적 조류에서 벗어날 수 없다. 한때 언어학 강좌에는 수강생이 채 10명도 안 된 적이 있었다. 그런데 어느 순간부터 수강생이 400여 명으로 증가하여 갑자기 언어학과 대학원생들이 조교로 차출되는 일이 벌어졌다. 사양길로 접어드는 듯한 언어학이 갑자기 인기 학과가 된 이유는 무엇일까? 언어 연구야말로 인간의 이해를 위한 지름길이란 인식이 생겼기 때문이다. 언어를 연구하는 것이 법학대학원에서 훌륭한 법조인이 되는 데 필요하다고 생각했기 때문이다.

그런가 하면 지적 호기심이 많던 일부 학생들만 수강했던 중국학에 수백 명의 학생들이 몰리게 되었다. 새롭게 부상하는 중국의 국가적 파워를 학생들이 인식하기 시작했기 때문이다. 한국을 포함한 많은 아시아 출신 이민자들이 경제적, 문화적, 정치적으로 성공을 거두자 미국의 주류 사회가 아시아 출신 이민자들에게 관심을 보이게 된 것도 하나의 이유였다. 이러한 사회적 반응을 고려해서인지 대학생들은 아시아와 관련된 학과를 열심히 수강하기 시작했다. 다문화 간 글쓰기라든가, 여성학, 중국학 등은 모두 이러한 사회적 경향과 맞물려 있다고 할 수 있다.

미국 대학의 커리큘럼은 철저하게 실용주의적으로 움직인다. 인기가 없는 과목이나 학과는 과감하게 퇴출되고, 인기 있는 학과는 점점 더 비대해진다.

세계 명문 하버드 대학 영어영문학과에서는 무엇을 배울까?

하버드 대학교의 영문과 커리큘럼은 문화의 이해, 글쓰기와 읽기, 소수자에 대한 이해와 같은 키워드를 중심으로 구성되어 있음을 알 수 있다. 이러한 구성은 물론 가치의 판단에 따른 것이기도 하지만, 건강한 사회를 구성하는 데 이러한 학문적 구성이 기여할 수 있기 때문이라고 믿기에 가능한 것이다. 자, 어떠한 과목들이 있을까?

① 문학의 세계로 안내하는 문학 이론

〈문학연구 입문〉은 문학 분야의 기본적 이슈들을 소개한다. 문학으로 간주되는 글쓰기 요소는 무엇인지, 서로 다른 작품들은 어떠한 방식의 읽기와 해석을 필요로 하는지, 사상, 언어, 글쓰기 사이의 관계는 무엇인지, 문학적 텍스트를 문화적, 경제적 맥락과 어떻게 관련지을 수 있는지 등의 문제들에 대해 고민해 본다. 여기에서 다루는 작가들은 플라톤, 유리피데스, 밀튼, 쉴러, 마르크스, 톨스토이, 카프카, 나보코프, 바르트 등이다.

학생들에게 내러티브 즉, 서사구조 이론을 소개하기 위한 과목으로 〈내러티브〉가 있다. 기본적으로 이 과목은 문학이론이지만 톨스토이, 나보코프, 보르헤스 등의 작품들을 분석하기도 한다.

문학이론이란 무엇이며, 문학이론, 비평이론, 문화이론은 각각 어떻게 다른지, 이론과 문학 읽기는 어떤 관계가 있는지 이러한 질문에 대한 답을 얻을 수 있는 것은 〈문학이론〉 과목을 통해서이다. 이 과목을

통해 데리다, 들뢰즈, 푸코, 아도르노, 프로이트 등에 대해 배우면서 문학이론의 다양한 개념들도 이해하게 된다.

서구 서정시의 역사를 살펴보고 서정시가 사랑, 죽음, 주관이라는 주제와 어떻게 연관되었는지를 살펴보는 〈문학 : 서정시〉도 있다. 서정시가 지적, 문화적 가치를 표현하는 전달매체로서 어떤 역할을 해왔는지를 살펴보는 것도 이 과목의 목적이다. 이 과목을 통해서는 사포, 카툴루스, 단테, 괴테, 블레이크, 보들레르, 랭보 등을 만나게 된다.

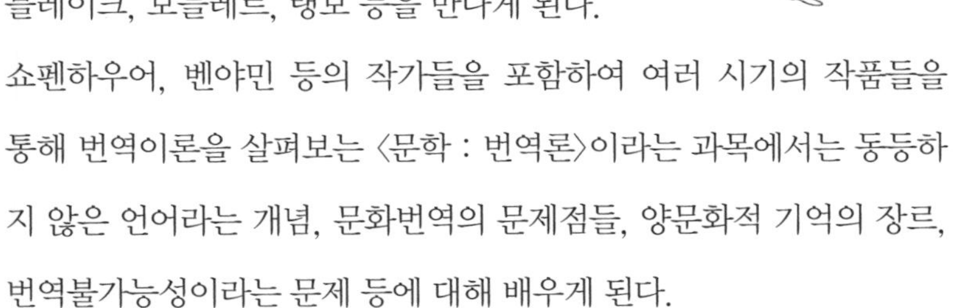

쇼펜하우어, 벤야민 등의 작가들을 포함하여 여러 시기의 작품들을 통해 번역이론을 살펴보는 〈문학 : 번역론〉이라는 과목에서는 동등하지 않은 언어라는 개념, 문화번역의 문제점들, 양문화적 기억의 장르, 번역불가능성이라는 문제 등에 대해 배우게 된다.

이 밖에도 시와 산문에서의 구전 전통의 장르, 형식, 주제를 다루며 공연과 작곡 이론과 비교 운율적 분석을 연구하는 〈문학 : 비교구전의 이론과 방법〉, 아리스토텔레스의 시학과 수사학을 시작으로 시학과 수사학 전반에 대해 살펴보는 〈문학 : 시학과 수사학〉 등이 있다.

② 작가의 작품 세계를 이해하자

〈문학 : 작가와 그들의 소통매체〉에서는 제임스 조이스, 카프카, 릴케 등의 작품들을 통해 작가와 글쓰기 행위 사이의 관계를 살펴본다. 글쓰기, 철학, 심리분석을 중심으로 하며, 특히 젠더, 재현, 공연이라는 문제를 다룬다. 〈문학 : 소올 벨로우와 뉴욕의 지식인들〉은 미국에서 최초의 유럽식 '인텔리겐차'를 형성했던 지식인과 문학적 공동체의 맥락에서 솔 벨로의 작품들을 살펴본다. 아이작 로젠펠트, 델모어 슈바르츠, 어빙 하우 등의 작품들도 함께 분석한다.

1880년대부터 현대에 이르기까지 최근의 문학적 이론들을 정립해 온 일련의 소설들을 분석하는 〈문학 : 현대의 픽션〉도 있다. 허구적 내러티브에서 역사, 사회적 문제, 이데올로기 등의 관계를 다루고 있으며, 존 어빙, 데이비드 말로, 파트리크 쥐스킨트 등의 작가들을 만날 수 있다. 또한 이론가들로는 보드리야르, 데리다, 라캉 등을 다룬다.

③ 다른 세계의 문화에 대한 관심

〈다문화간 글쓰기 : 세계의 문학〉을 통해 최초의 문학 텍스트부터 1750년대 계몽주의 시기까지의 세계문학을 알아본다. 그리스, 라틴, 산스크리트, 중국, 아랍의 고전문학들과 기타 개별국가 언어들로 쓰인 문학 작품을 살펴보게 된다.

〈문학 : 문학과 환경〉은 아프리카, 남아메리카, 아시아, 유럽의 문학에서는 환경문제와 환경위기가 어떻게 다루어지고 있는지를 살펴본다. 인간의 욕망과 비인간적 세계의 생존 사이에 벌어지는 불편한 관계에 초점을 맞추며, 에코크리티시즘, 에코페미니즘, 에콜로지, 환경비평,

환경정의 등과 같은 개념들을 배우게 된다.

북아프리카의 문학, 영화, 이론을 살펴봄으로써 식민지와 포스트식민지 공간의 형성과정을 살펴보는 〈문학 : 식민지 및 포스트식민지의 공간 – 프랑스와 북아프리카〉를 통해 언어, 주관성, 정체성, 시민의식 등과 같은 개념들을 분석한다. 특히 식민지 시기 이후 이들 국가에서 프랑스나 유럽으로의 대대적인 이주와 관련하여 새로운 문화적 공간이 형성된 과정을 탐색한다.

또한 유태인 유머에 관한 이론과 용법들을 소개하고, 관련된 작가들과 작품들을 선별하여 다루는 〈문학 : 유태문화의 코믹 전통〉도 있다. 유태인은 홀로코스트와 유머에서 그들의 역할로 인해 오늘날 미국 사회에서 가장 잘 알려진 사람들이다. 이들의 상호 관계는 무엇인지, 유태인들을 빗댄 유머는 정말로 유태인들은 놀리는 것인지 아니면 정작 유태인들을 놀리는 사람들을 놀리는 것인지 등을 연구하며, 유태인의 유머와 다른 민족적 유머전통도 비교한다.

이 외에 식민지 시대의 고전작품들을 포스트식민지적 시각에서 분석한 〈문학 : 해외의 제국들 – 식민지 문학과 포스트식민주의 이론〉도 배운다.

④ 문학과 다른 장르의 예술과의 만남

예술이란 단 하나만 존재하는가? 아니면 여러 가

지 예술들이 존재하는가? 〈문학 : 비교예술론〉라는 과목에서는 문학, 회화, 음악, 기타 예술형식 사이의 친연성과 차이점들 살펴본다. 학생들은 특정한 예술적 매개체를 허용하거나 거부하는 예술 형식을 조사하며, 플라톤, 아리스토텔레스, 버크, 루소, 헤겔 등의 이론들과 함께 호머, 레오나르도, 터너, 모네, 바그너, 쇤베르크 등의 작품을 분석한다.

〈문학 : 거대권력 – 천일야화의 수용, 변형, 번역〉이라는 과목을 통해서는 특정한 서사텍스트가 다른 매체나 장르로 전이될 때 어떤 변화가 일어나는지를 살펴본다. 〈천일야화〉가 다양한 형태의 매개체 즉, 영화, 일러스트, 이미지, 음악, 노래, 다시 말하기로 전환되면서 일어나는 변화양상을 분석한다. 버튼의 번역, 영화 『바그다드의 도둑』, 음악 림스키코르샤코프의 《키스멧》를 비롯하여 많은 작가들이 변형시킨 〈천일야화〉를 분석한다.

시각적 재현과 서사적 은유가 어떻게 도시의 정체성을 형성하는 데 기여했는지, 건축, 영화, 문학, 사진, 회화 등의 여러 가지 예술 형식에서의 도시적 상상력을 탐구하는 수업도 있다. 〈문학 : 도시의 상상 – 문학, 영화, 예술〉이 바로 그것이다. 여기서 다루는 주제는 모더니티, 메트로필리아(도시사랑), 메트로포비아(도시공포), 내부공간, 공공장소, 가상도시 등으로 유럽의 대도시들인 파리, 베를린, 모스크바, 나폴리, 로마 등을 살펴본다.

이 외에도 드라마, 오페라, 음악극, 영화, 댄스 등의 공연 문학을 그 자체로 제시될 때와 그것이 언어적 형식이나 비주얼 아트로 제시될 때의 공통점과 차이점을 분석하는 〈문학 : 텍스트 공연〉도 있다. 문학과 예술이라는 두 가지 형식으로 제시된 작품을 나란히 놓고 학제적 시각에서 분석한다.

⑤ 자아와 인간의 정신세계 탐구

근대문학에서 시적 '나'는 자아구현의 도구가 아니라 인간의 기본적 유형이라고 간주되어 왔다. 〈문학 : 중세의 유형에서 자아로〉라는 과목에서는 이러한 주제를 바탕으로 중세 유럽과 초기 현대 유럽에서 자전적 글쓰기가 어떻게 발생했는지를 살펴본다. 다루는 작품들은 아우구스티누스, 테레사 등과 다양한 서간집, 스페인 시가, 순교 서사, 중세의 알레고리 등이다.

〈문학 : 마비〉를 통해서는 '마비'가 미학에 어떻게 작용하는지를 살펴본다. 전반부에서는 햄릿과 같은 언어적 마비, 히스테릭한 마비, 루즈벨트 미국 대통령처럼 신체적으로 마비된 지도자 등을 살펴보며, 후반부에서는 프리다 칼로와 같은 움직임과 정지 상태, 영화작품 등을 통해 1인칭 마비 증세 화자들의 문학적 특성을 살펴본다. 관련된 주제로 의학의 역사나 영화이론, 문학이론도 함께 다룬다.

이 외에도 〈문학 : 트로마 – 재현, 이론, 경험〉이라는 과목이 있다. 문학과 영화는 어떻게 트로마로 남아있는 경험들을 전달하고, 트로마들은 문학적 재현에 어떻게 도전하는지, 개인의 삶과 사회 사이에서 트로마 이후의 현상을 구성하는 것은 무엇인지, 트로마는 개인의 기억과 집단의 기억을 형성하는 데 어떤 영향을 미치는지 등을 살펴본다. 프로이트, 폴란스키, 키에슬로프스키의 영화와 텍스트를 분석함으로써 역사적 트로마와 개인적 트로마가 어떻게 작용하는지, 트로마적 기억과 경험이 어떻게 서사구조로 탈바꿈되는지 그리고 트로마가 어떻게 세대에서 세대로 전달되는지를 살펴본다.

이 밖에 불문과나 독문과에서 개설한 관련 과목들은 다음과 같다.

20세기 프랑스 픽션 1 : 사실주의 / 20세기 프랑스 픽션 2 : 실험주의 / 20세기 프랑스 드라마 / 파리의 도시풍경 / 프랑스의 공공 지식인 / 프란츠 카프카 : 모더니티와 불만 / 현대 그리스 : 꿈과 문학 / 이디쉬 : 현대 이디쉬 문학의 종교와 이성

그리고 석사와 박사학위를 위한 대학원 과목들은 이러하다.

비교문학 : 신비주의와 문학 / 비교문학 : 세계적 모더니즘 / 비교문학 : 제국의 개척, 번역, 문학적 다시 쓰기 / 비교문학 : 질 들뢰즈, 스피노자, 라이프니츠 / 비교문학 : 트로마, 기억, 창조성 / 비교문학 : 기억과 현대성 / 비교문학 : 미학과 자유 / 비교문학 : 현대아랍문학에서의 여행, 유배, 추방 / 비교문학 : 문화 간 사고와 글쓰기 / 비교문학 : 아이러니 / 비교문학 : 현대성의 연구 / 비교문학 : 서사이론 / 비교문학 : 르네상스 시와 수사학 / 비교문학 : 현대비평이론과 고전 / 비교문학 : 이론과 비교문학 / 고전연구 : 그리스비극과 그 수용 / 미국문학의 문제들 / 세계 속의 프랑스 : 문화적 산물, 전달, 대화 / 프랑스의 공공 지식인들

study #02

영어의 본고장, 영국의 진취적 변화

영국의 대학들은 매우 혁신적이고 진취적이다. 내가 매우 놀란 사실 한 가지는 옥스퍼드 대학교의 미술대학에 성형수술이 정규과목으로 개설되어 있다는 사실이었다. 의대라면 모를까 미를 추구하는 순수 예술대학인 미술대학에 어떻게 성형수술이 학과목으로 개설되어 있을까?

영국은 사실 매우 진취적인 제도와 관행을 유지해 온 나라이다. 다윈의 진화론이 태동된 것도 대학 연구실이 아니었던가? 전통을 중시하고 어떤 면에서는 고답적으로 보이지만 영국의 대학들은 사실 매우 진취적이고 혁신적인 커리큘럼을 유지하고 있다. 그리고 이러한 사실이 바로 영국의 저력이 아닐까 하는 생각이 든다. 영어영문학과의 커리큘럼을 보아도 순수한 어학과 문학에 머물지 않고 언어기획과 정책과 같은 과목 등 다양한 사회적 이슈들을 다루고 있음을 알 수 있다.

여기서 살펴볼 셰필드 대학교도 마찬가지이다. 셰필드 대학교는 정식 명칭이 School of English Literature, Language and Linguistics로 이를 번역하면 '영문학, 영어, 영어학 대학' 정도가 되겠다. 이 학과에서 제공하는 영어학 관련 과목들을 살펴보면 다음과 같다.

〈언어의 본질〉
〈언어의 구조 –영어의 구조〉
〈언어음이 어떻게 만들어지고 결합되는가〉
〈아동의 언어의 습득과 비원어민 화자의 언어습득〉
〈언어와 의미〉
〈언어변화의 방식과 원인〉
〈영어의 진화와 세계어로의 발전〉
〈언어기획과 정책〉
〈언어교육과 방법론〉
〈언어학의 역사〉
〈언어에 대한 인류학적 연구〉
〈언어와 문학〉
〈광고 등의 설득적 담화의 사용〉
〈언어와 성〉
〈언어와 식민주의〉

이러한 과목 구조는 영국의 많은 대학들이 거의 공통적으로 받아들이는 추세이다. 뉴캐슬 대학교의 '영문학, 영어, 영어학 대학'의 경우를 보더라도 사정은 마찬가지이다. 통사론, 음운론, 형태론, 의미론, 화용론 등의 이론언어학의 기초 과목군, 방언학, 사회언어학, 담화분석과 같은 언어사용 과목군, 언어 습득, 코퍼스 언어학과 언어테크놀로

지, 역사언어학, 언어학의 역사와 철학, 언어의 기원과 진화, 언어변이와 변화 등으로 구성되어 있다.

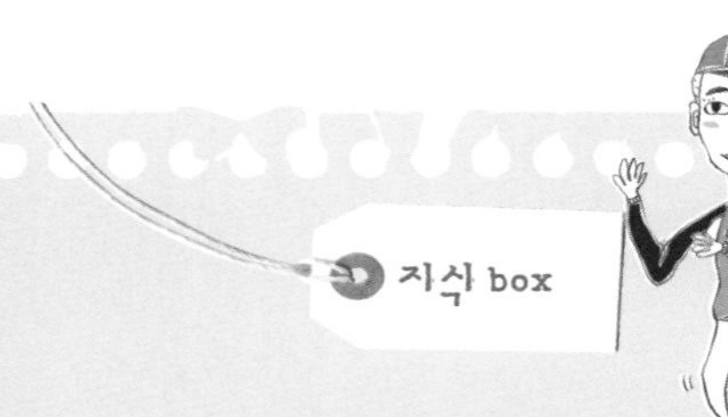

영국과 미국 대학의 차이

영국 대학은 도제식이고 미국 대학은 사무적이다. 이런 평가가 정확한 것은 아닐 수도 있지만, 영국과 미국 양국의 대학들이 뚜렷한 차이점을 보이는 것은 사실이다. 영국은 오랜 전통의 명문 고등학교와 대학의 수준 높은 강의와 연구로 유명하다.

옥스퍼드 대학을 예로 들어보자. 여기에 진학하는 사람들은 이미 고등학교에서 웬만한 수준의 공부를 하고 온 경우라서 대학 1학년부터 전공을 시작한다. 우리나라 대학의 교양과목에 해당하는 것들은 이미 이수한 상태이기 때문이다. 영국 대학이 주로 3년제인 것은 이런 이유 때문이다.

대학을 마치면 대학원에서의 연구는 학기당 제공되는 학과목 중심이 아니라 철저하게 지도교수와의 공동연구를 기반으로 한다. 지도교수가 인정하면 1년만에 학위를 받을 수도 있고, 그렇지 않으면 몇 년이 걸리거나 학위를 받지 못할 수도 있다.

이에 비해 미국의 대학은 우리와 유사하게 철저히 학기 중심으로 이루어진다. 4년의 기간 동안 적정한 수의 교양과목, 전공과목 등을 이수해야 한다. 대학원도 영국과는 달리 일정한 기간 동안 학과목을 이수한 후 일정한 자격시험을 통과하면 논문을 저술하게 된다.

모두 그런 것은 아니지만 영국의 많은 대학이 매우 복잡한 격식을 유지하고 전통을 존중하는 데 비해 미국의 대학들은 자유분방하고 실용적이다.

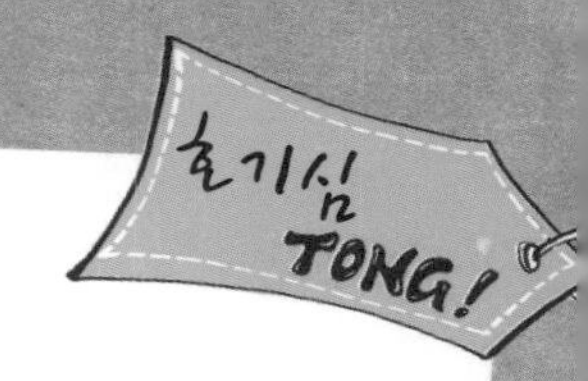

북경대학교 영어영문학과는 어떠할까?

현재 우리나라 대학이 제공하는 영어영문학 관련 과목들에 대해 앞에서 살펴보았다. 그리고 실제 영어를 사용하는 영어권 대학들의 과목들도 살펴보았다. 그렇다면 우리처럼 영어를 사용하지 않는 다른 나라의 대학들은 어떠한 내용들로 영어영문학을 배우고 있을까? 동시대를 살아가는 비원어민 화자들을 대상으로 한 학과목에는 어떠한 것들이 있는지 북경대학교의 경우를 살펴보자.

북경대학교는 도구로서의 영어능력을 배양하기 위해 많은 과목들을 제공하고 있다.

〈영어전공자를 위한 고급독해(1/2학년)〉
〈영어듣기이해(1/2학년)〉
〈등급별 독해(속독과 이해)〉
〈구어영어(1/2학년)〉
〈영어의 발음(1학년) 〉
〈응용글쓰기 기술〉
〈발표글쓰기(2학년)〉
〈저널리즘 읽기〉
〈국제무역 및 비즈니스커뮤니케이션〉

그리고 영미권의 문화에 대한 이해를 위해서는 다음과 같은 과목들을 개설하고 있다.

〈서구문명의 모습〉
〈그리스로마신화〉
〈영국입문 소개〉
〈미국 서베이 소개〉
〈서구문명사〉
〈미국문화〉
〈미국사의 문서들〉

또한 전통적인 영어학을 위해서는 다음과 같은 과목들을 제공하고 있다.

〈언어학입문〉
〈일반언어학〉
〈언어와 문화〉
〈문화인류학〉
〈사회언어학 입문〉
〈영어사전학〉
〈영어의 변이형들〉
〈철학과 언어학에서의 의미〉

영문학 관련 과목으로는 다음과 같은 과목들을 제공하고 있다.

〈미국문학 탐색과 독해〉
〈영문학사와 독해〉
〈유럽문학 읽기〉
〈영화감상〉
〈영어에세이〉
〈영어소설읽기〉
〈20세기 영미시〉
〈영미드라마〉
〈여류문학〉
〈1920년대 이후 서구비평이론〉
〈풍자문학 〉
〈비교문학입문〉

또한 통번역 과목으로는 〈영 - 중 번역〉, 〈중 - 영 통역〉 등을 개설하고 있다. 북경대학교의 영어영문학 커리큘럼은 우리나라 대학들과 크게 다르지 않다. 비영어권 대학의 영어영문학과에서는 도구로서의 영어능력을 배양하는 것이 기본적 임무이기 때문이다. 그러나 우리나라 대학의 영어영문학과와 비교해 볼 때 영어구사력 증진에 더욱 중점을 두고 있다는 것을 알 수 있다.

셰익스피어를 재조명해라!

영어영문학이 사회에서 어떠한 역할을 하고, 어떠한 영향을 미치고 있는가? 우리 사회는 어떠한 나라보다도 영어의 영향력이 강하게 작용하고 있다. 어떤 민간 기업의 연구소가 조사한 바에 의하면, 우리 국민들이 한 해 동안 영어를 위해 지출하는 비용은 무려 15조 원에 이른다고 한다. 15조 원이 얼마나 많은 돈인지 감이 잘 잡히지는 않지만, 아무튼 매우 많은 돈임이 틀림없다. 유치원에서 초등학생, 중고등학생, 대학생, 그리고 일반인에 이르기까지 우리 국민들은 누구나 할 것 없이 영어를 열심히 공부하고, 많은 돈과 에너지를 영어에 투자하고 있다.

그리고 전국 약 200여 개의 대학 대부분에는 영어영문학과가 개설되어 있다. 최근에 변화의 조짐이 보이기도 하지만, 영어 관련 학과에서는 지금도 전통적인 교과목들을 가르치고 있다. 예를 들면, 많은 대학에서 셰익스피어를 가르친다. 그러면 과연 우리 사회가 이렇게 많은

영어 능통자와 영어영문학 전공자들을 필요로 하는 것일까?
물론 그렇지 않다. 사회의 수요에 의해 영어영문학 전공자들이 배출된다기보다는 기존의 교육체계에서 배출한 영어영문학 전공자들이 사회의 다방면으로 진출한다고 보아야 할 것이다.
학문으로서의 영어학과 영문학보다는 도구로서의 영어가 우리 사회에 과도한 영향을 미치고 과도한 역할을 하고 있는 것은 사실이다. 영어를 잘 구사하지 못하는 사람들이 자신감이 결여되는 것을 넘어 열등감을 느끼는 것을 볼 수 있다. 또 영어를 잘하지 못하면 사회적 경쟁에서 불이익을 받는 일도 있다. 물론 이러한 현상이 바람직한 것은 아니다. 그럼 영어는 왜 이렇게 과도한 역할과 영향력을 행사하고 있는 것일까?
전에 우리 조상들 중 일부 학자들은 중국어를 숭상하고 한문을 우선시했던 적이 있다. 이러한 현상은 우리만의 문제는 물론 아니다. 서구에서는 자국어를 도외시하고 라틴어를 숭상했고, 영국에서는 귀족들이 영어를 내팽개치고 프랑스어를 우선시했던 적이 있다. 선진 문물을 받아들이는 과정에서는 선진국의 언어가 과도한 영향력을 발휘하기 때문에 해당 언어를 배우려는 열망이 생기는 것이 당연한지도 모르겠다. 이러한 논리의 연장선에서 지금 우리 사회는 온통 영어 열기로 가득 차게 된 것이다. 그런 의미에서 영어는 곧

경쟁력이라는 등식이 성립한 것은 새삼스런 일이 아닐 수도 있다. 한 마디로 전공에 상관없이 영어를 잘 구사하는 것은 어느 정도의 경쟁력을 확보해 주는 것이니 말이다.

국제적 학술지나 학회에서 자신의 연구결과를 발표하기 위해서는 영어가 필요하고, 자신의 제품을 세계시장에 팔고자 하는 기업도 영어를 잘 구사하는 사람을 필요로 한다. 영어의 영향력은 한마디로 이제 논의의 필요성을 떠나 실제로 존재하는 것이다.

그렇다면 영어영문학은 무엇인가? 영어학과 영문학이 도대체 사회에서 어떤 역할을 할 것인가? 역할이란 사람이 수행하는 것이니 결국 이 질문은 영어영문학을 공부한 학생이 사회에서 어떠한 역할과 영향력을 발휘하게 되는지에 대한 질문으로 받아들일 수 있다.

영어영문학을 전공하는 사람들은 앞에서도 언급했지만, 광범위한 분야로 진출한다. 영어를 직접 사용하는 산업 분야와 교육 분야는 당연한 것이다. 뿐만 아니라 영어영문학과 출신들은 신문방송 등의 언론계, 광고업계, 경제계, 영화와 연극 및 문학 등의 문화계, 영어를 구사할 필요가 있는 체육계 등 다양한 분야로 진출한다. 이들은 영어학과 영문학을 지식의 양분으로 삼아 성장한 후, 해당 분야에서 이러한 인문학적 소양을 활용하여 자신의 과업을 수행하기 때문에 비교적 창조

적인 업적을 성취할 수 있는 것이다.

셰익스피어의 문학 작품을 보자. 최근에 언론에서도 화제가 되었지만, 최고경영자(CEO)로서의 셰익스피어, 전략가로서의 셰익스피어 혹은 정치사상가로서의 셰익스피어에 대한 조명이 활발하게 이루어지고 있다.

재미와 상상력만을 위한 문학 작품으로서의 셰익스피어가 고전적인 영문학의 분야였다면, 학제적인 다양한 측면에서의 셰익스피어 읽기는 매우 독특한 경험을 제공할 것이다. 학생들은 자신의 진출 분야에서 이러한 측면의 지적 경험들을 활용함으로써 창조적인 성과를 낼 수 있다. 앞에서 휴렛 팩커드의 여성 최고경영자였던 피오리나의 전공이 중세학이었음을 언급했다. 마찬가지 논리로 셰익스피어의 현대적 해석을 통해 우리는 문학 외적인 소득을 얻을 수 있는 것이다. 영어영문학의 역할과 영향은 이제 이러한 측면에서도 찾을 수 있다.

영화로 만나는 셰익스피어

문학 작품이 영화화된 예는 수없이 많다. 셰익스피어의 많은 작품들은 그것이 본래 연극이었기 때문에 영화화되는 것이 자연스럽기도 하다.

어린 시절에 『로미오와 줄리엣』을 보고 밤을 지새웠던 기억이 아직도 새롭다. 그 영화에 출연했던 비비안 리라는 영화배우는 이미 고인이 되었지만 나의 뇌리에는 너무나 청순한 서양의 미인으로 각인되어 있다. 〈리처드 3세〉, 〈헨리 8세〉, 〈베니스의 상인〉 등 셰익스피어의 모든 작품들이 영화화되어서 언제든지 손쉽게 이 영화들을 볼 수 있다는 것은 셰익스피어가 살던 당대의 사람들에 비해 우리만이 누릴 수 있는 문화적 혜택이다.

그러나 셰익스피어 자신에 대한 수많은 논란과 의문에 비해 그 자신을 다룬 영화는 많지 않다. 인도와도 바꿀 수 없을 만큼 소중한 영국의 대문호인 셰익스피어는 평생을 연극인으로서 충실하게 보냈으며, 자신이 속해 있던 극단을 위해서도 전력을 다했다.

그를 주인공으로 하여 만들어진 『셰익스피어 인 러브』는 전공을 불문하고 모든 사람들이 한번쯤 볼 만한 좋은 작품이다. 〈로미오와 줄리

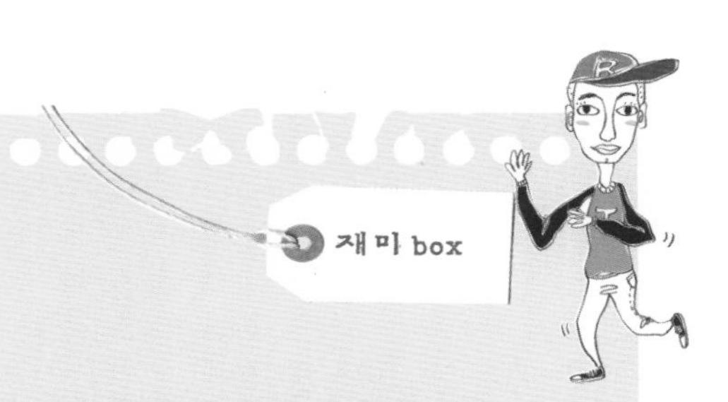

엣〉의 플롯을 이용하여 로미오 대신 셰익스피어를 대치했다고 해도 큰 무리가 없는 이 영화를 통해 우리는 〈로미오와 줄리엣〉과 더불어 셰익스피어라는 개인에 대한 조망을 동시에 해볼 수 있다.
영화 속에 비친 셰익스피어라는 작가는 책에서만 보는 죽은 셰익스피어가 아니라 따뜻한 피가 통하는 살아있는 작가라는 새로운 느낌을 준다.

셰익스피어 파헤치기

과연 셰익스피어는 존재했을까? 우리가 아는 셰익스피어는 정말로 그 많은 작품들을 쓴 작가가 맞을까? 잊을 만하면 신문지상을 장식하는 셰익스피어 진위 논란의 일부이다. 셰익스피어는 외국을 한 번도 나가보지 못한 사람인데, 어떻게 유명한 작품들의 배경이 모두 이탈리아, 덴마크, 프랑스와 같은 외국들인가 하는 의문을 근거로 어떤 문학사가는 그가 실제로 존재한 셰익스피어가 아니라 신분을 위장한 외교관이라고 주장하기도 했다. 그만큼 셰익스피어에 대한 논란은 그가 죽은 지 500년이 지난 지금도 아직 정리되지 않았다. 그의 고향에 세워진 로열 셰익스피어 극장에서는 오늘도 그의 작품들이 공연되고 있다. 전 세계로부터 날아온 충성스런 독자들에게 문학의 기쁨을 선사하고 있는 것이다.

영국이 낳은 세계 최고 극작가. 인도와도 바꿀 수 없다던 인류 최고의 작가인 셰익스피어는 희극과 비극을 포함하여 37편의 작품과 다수의 시집 그리고 소네트집를 썼다. 우리나라에서도 상영된 바 있는 『셰익스피어 인 러브』를 보면 그는 패기만만하고 천재적인 글재주를 가지고 있을 뿐 아니라 불같은 성격을 소유한 야심가이기도 하다.

공식 기록에 의하면 그는 1564년 영국 중부의 스트랫퍼드어폰에이번에서 출생하였다. 그가 태어난 마을은 아름다운 자연에 둘러싸인 영국의 전형적인 소도시였고, 아버지는 비교적 부유한 상인으로 피혁가공업과 중농업을 겸하고 있었다. 그의 가족은 중산계급이었으므로 그는 부족하지 않은 어린 시절을 보냈을 것으로 생각된다. 어린 셰익스피어는 라틴어를 중심으로 한 기본

적 고전 교육을 받았다. 그러나 1577년경부터 가세가 기울어져 그는 학업을 중단한 후 집안일을 도울 수밖에 없었고, 1580년대 후반에 런던으로 나온 것으로 보인다.

그리고 그는 1592년에 꽤 유망한 극작가가 되었다. 당시에는 연극이 인기가 있었는데, 중세 이래의 민중적, 토착적 전통이 고도로 세련되었으며, 특히 그리스 로마의 고전에 바탕을 둔 르네상스 문화의 유입으로 새로운 민족적 형식과 내용의 드라마를 창출해 내려는 분위기가 무르익은 시대였다. 그러나 1592년부터 몇 년간 페스트가 확산되어 극장은 폐쇄되었고, 런던 극단도 전면적으로 개편되었다.

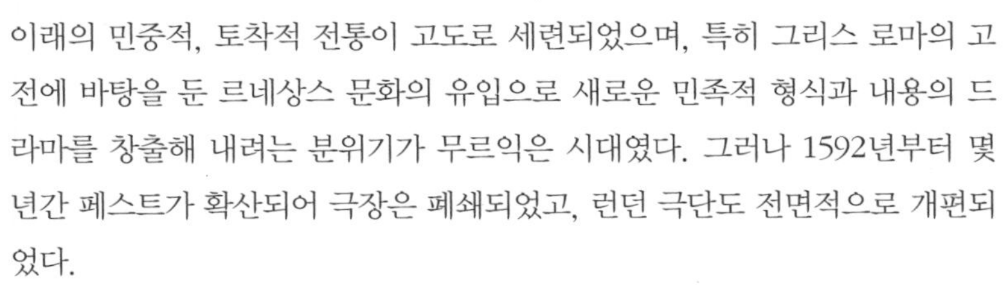

이러한 환경에서 신진 극작가인 셰익스피어는 본격적인 활동을 시작했다. 그는 당시의 극계를 양분하는 세력 중 좀 더 영향력이 있던 극단의 단원이 되었고, 그 극단을 위해 작품을 쓰는 전속 극작가가 된 것이다. 그는 이 극단에서 배우로도 활동했으나 작품을 쓰는 데 주력하였다. 이 기간을 전후해서 시인으로서의 재능도 과시하였지만 궁극적으로는 극작에서 더 재능을 발휘하게 된다. 극작가로서의 활동은 주로 1590년~1613년까지의 대략 24년간으로 볼 수 있다.

작품을 시기별로 구분해 보면, 초기에는 습작적인 경향을 시작으로 하여, 영국 역사를 중심으로 한 역사극에 집중하던 시기, 낭만적 희극을 쓰던 시기, 그리고 일부 대표작들이 발표된 비극의 시기, 만년의 희극적 시기로 나눌 수 있재미 TONG!

다. 셰익스피어에게 이러한 시대 구분은 다른 작가보다도 더 뚜렷한 것이 특징이기도 하다.

그는 평생을 연극인으로서 충실하게 보냈고 자신이 속한 극단을 위해서도 최선을 다했다. 1599년 템스 강 남쪽에 글로브 극장을 신축하고 국왕의 허락을 받아 극단 이름을 King's Men으로 개칭하였다. 이런 명칭은 당시의 관례였을 뿐 상업적인 성격을 띤 일반 극단과 차이가 있는 것은 아니었다. 그러나 글로브 극장은 1613년 그의 마지막 작품인 〈헨리 8세〉를 상연하는 도중에 벌어진 화재사건으로 소실되었다. 그는 1616년 4월 23일 52세의 나이로 고향에서 사망하였다.

끊임없이 발전하는 영어영문학 파워!

학문은 진화한다. 로마시대의 수사학, 논리학, 시학과 같은 소위 3학은 현대에 와서 수없이 많은 전문 학문 분야로 나누어졌다. 각 대학들은 60에서 100여 가지에 이르는 전공학과를 운영하고 있다. 3학이 100학이 된 것이다. 나눠지고 나눠져서 이제는 대학에 근무하는 나도 '그러한 학과가 있었던가' 하고 의아할 때가 있을 정도다. 영어영문학의 경우만 하더라도 영어학과, 영어통번역학과, 영어문화학과, 영미지역학과, 영미언어문화학과, 영어언어과학과, 영어교육과, 조기영어교육과 등 참으로 다양한 이름의 학과로 개설되어 전국에 산재해 있다.

전통적으로 영어영문학과에서는 영어학과 영문학을 연구하고 가르쳐 왔다. 그러나 최근의 경향은 영어영문학과 사회 여러 분야의 인접 분야에 대한 접목이 이루어지고 있다. 가령 스토리텔링이라든지 문화콘텐츠와 영문학의 결합, 영어학 내지는 언어학을 음성인식이나 기계번역과 연계시키는 과제 등이 각광을 받고 있다.

뿐만 아니라 브랜드 네이밍이라 불리는 이름 짓기 산업도 영어영문학과 깊은 관련을 가진다. 아파트 이름을 예로 들어보자. 1990년대까지만 해도 아파트 이름은 곧 건설사 이름이었다. 현대건설의 현대 아파트, 삼성건설의 삼성 아파트, 대우건설의 대우 아파트처럼 말이다. 아파트 이름은 건설사의 이름이고, 같은 이름의 아파트들을 구별하기 위해서는 어느 동네의 아파트인지를 밝히는 방법을 사용했다. 망원동 현대 아파트, 방학동 신동아 아파트가 그러한 경우이다.

그러나 최근 아파트 이름을 보면, 건설사 이름과는 전혀 무관한 이름으로 지어지고 있다. 삼성의 래미안, 두산의 위브, 심지어는 포스코의 The #이란 기호 이름에 이르기까지 매우 다양해지고 있다. 이러한 브랜드네임을 만들 때 고려해야 하는 것이 바로 언어학적 지식이다.

발음하기 쉽고, 알아듣기 쉬우며 동시에 부정적인 이미지를 주지 않는 신선한 이름을 짓기 위해서는 당연히 언어학적 지식이 필요하다. 영어학이나 언어학을 전공하는 사람들이 브랜드 네이밍 회사에 진출하는 것은 이런 이유 때문이다. 미국의 자동차 회사에서 새로 출시한 자동차 이름을 Nova라고 하여 포르투갈에 판매하려고 했을 때, 이름이 부정적인 이미지를 불러일으켜 실패한 경우도 있다. 삼성의 휴대전화 단말기인 '애니콜'은 영어에서 부정적인 '직업 여성'을 떠올리기 때문에 해외에서는 국내에서와 달리 '삼성'으로 출시하였다. 이러한 사례들은 브랜드 네이밍에서 언어학적 지식이 얼마나 중요한지를

보여준다.

광고카피 분야도 마찬가지이다. 짧은 시간에 소비자에게 강렬한 인상을 줌으로써 잠재적 고객으로 이끌기 위해서는 당연히 언어학이나 영어학 지식이 필요하다. 광고카피를 한 문장으로 할 것인지, 두 문장으로 할 것인지, 혹은 존댓말로 할 것인지, 평말로 할 것인지, 받침에는 어떤 발음을 사용할 것인지 등 여러 가지를 고려해야 한다. 한때 유행했던 카드사 광고카피인 '부~자 되세요. 꼭이오'는 단 두 문장으로 엄청난 광고효과를 발휘한 것으로 평가되고 있다. 물론 카피라이터의 상상력이 핵심적으로 중요하지만, 그 배경에는 언어학적 지식이 중요한 역할을 한다.

따라서 최근 영어영문학은 순수 학문으로서의 영역 외에도 다양한 사회적 수요를 충족시킬 수 있는 분야들을 연구하고 가르친다. 셰익스피어의 고전 작품들을 순수 문학적 측면에서뿐만 아니라 산업적 측면에서도 분석함으로써 사회적 수요를 충족시키는 것 역시 한 예로 볼 수 있다. 또한 영어 음성 음운론적 지식을 활용하여 자동응답기를 가능하게 한다든지, 은행 업무를 무인 자동응답기로 수행하는 데 활용할 수도 있다. 현대 사회의 이러한 특성으로 인해 최근의 학문은 통합적 분과학문을 지향한다. 다른 전공과는 높은 담을 쌓고 독립적으로 존재하는 것이 아니라, 인접 학문과의 통합을 통해 상상력을 극대화하는 것이다.

World
English
LET'S GO ON A TRAVEL!

SPF

영문과를 졸업하면 어떤 일을 할까?

문화콘텐츠 시대를 여는 영어영문학

세상은 과학기술의 변화속도에 맞추어 급변하고 있다. 아마도 조선시대의 사회변화 속도는 삼국시대보다 훨씬 급격했을 것이고, 현대의 변화속도는 조선시대보다 훨씬 급격할 것이다. 2000년대 이후에는 사회변화를 나타내는 수많은 신조어들이 탄생과 함께 곧바로 사라지고 있다. 특히 미디어와 디지털의 결합은 하루가 다르게 변화하고 있다. 학문이 어떤 방향으로 움직일지, 어떤 직업들이 생겨나고 사라질지를 예측하는 것은 참으로 어렵게 되었다.
수년 전 프랑스의 미래학자 자크 아탈리는 〈미래의 물결〉에서 미래의 모습에 대해 다음과 같이 예측한 적이 있다. 미래의 첫 번째 물결은 하이퍼 제국이다. 시장민주주의가 확산되고 다(多)중심적 세계가 형성되면서 국가는 해체되고, 하이퍼 감시로부터 자율 감시로 바뀐다. 또한 시간은 상품화되고, 유목 기업이 생겨나며 하이퍼 제국의 세력자와 하이퍼 유목민이 등장한다. 가상 유목민들은 스포츠에서 공연 예술로 이전하고, 하이퍼 제국의 희생자들이 생겨난다. 민주주의는 하이퍼 민주주의로 전환되고, 트랜스휴먼과 관계 위주의 기업 그리고 하이퍼 민주주의를 이끄는 기구들이 등장한다. 이러한 세계에서는 하이퍼 민주주의에 참여하는 주역들이 집단적으로 보편적 지능을 포함하는 공동의 재산을 가지게 된다. 아탈리는 한국의 미래에 대해서도 보험산업과 오락산업이 상품화된 시간을 지배적으로 경영하게 될 것이라고 예측했다.
중요한 것은 바로 오락을 활용한 시간의 확보이다. 이미 우리 사회도 주

5일 근무로 바뀌면서 새로 생긴 휴일을 어떻게 활용할 것인가 하는 문제로 고민하는 사람들이 많아졌다. 학교를 가지 않는 아이들을 위해 방과 후 학교를 제공하는 학교들도 있고, 아이들과 주말 여행을 하는 부모들도 생겨났다. 젊은 직장인들은 외국여행을 다녀오기도 한다.
영어영문학은 바로 이러한 현대인 혹은 미래인들의 욕구를 충족시켜 줄 오락의 기반을 제공해 줄 수 있다. 다시 말하면 스토리를 포함한 문화콘텐츠를 제공할 기반이라는 것이다. 미래의 직업은 바로 여기서 확보될 수 있을 것이다. 나는 어렸을 때 전기도 들어오지 않고 버스도 다니지 않는 산속에서 자랐다. 그때 무료함을 달래주는 유일한 것이 아버지의 이야기였다. 지금의 아이들은 컴퓨터, 책, 텔레비전 등 다양한 오락 원천을 가지고 있다. 앞으로의 세대는 더욱더 다양한 오락 원천을 향유할 것이다. 영어영문학을 포함한 모든 문학은 바로 이러한 필요성을 충족시켜주는 스토리의 원천이 될 것이다. 우리 문학이 제공하지 못하는 다른 측면의 다양한 이야기들을 통해 우리의 상상력을 자극하고, 새로운 유형의 오락을 제공하는 것이 영어영문학의 역할이 될 것으로 보인다.
그러나 아탈리의 예측은 아마도 이 책의 독자들보다도 한두 세대 이후의 시대에 관한 것인지도 모르겠다. 학생들은 아마도 현재의 영어영문학과 관련된 직업군에 더 많은 관심을 가질 것으로 생각된다. 여기서는 현재 영어영문학과 전공자들이 진출하는 분야를 중심으로 논의를 해보자. 영어영문학과를 전공한 후 진출하는 분야는 참으로 다양하지만, 대략 전공 관련 분야 즉 영어 사용자, 문학가, 광고와 신문방송 관련, 통번역 분야, 체육, 컨설팅, 경제와 경영 등을 들 수 있다.

언어의 달인, 통번역

통역이나 번역은 당연히 언어를 직접적으로 활용하는 분야이다. 영어를 능숙하게 구사하지 못하면서 영어 통역이나 번역을 할 수는 없다. 그런 의미에서 영어 통번역은 영어영문학과 전공자가 가장 잘 할 수 있는 과업 중의 하나이다. 전 세계에서 내로라하는 학술지나 명저들이 영어로 쓰이거나 영어로 번역되는 현실에서 첨단 지식을 가장 빨리 섭렵하는 길은 번역이다. 또 우리의 지적 재산을 전 세계에 상품으로 내놓고 싶어도 영어라는 매개체를 통하지 않고는 넓은 시장에 접근할 수 없다.

또한 문학 작품이든 실용서든 한번 번역되었다고 해서 다시 번역할 필요가 없는 것이 아니다. 시대의 변화에 따라, 독자의 변화에 따라 같은 작품이 얼마든지 다시 번역되어야 한다. 셰익스피어는 수많은 영문학자와 번역가들에 의해 우리말로 번역돼 왔고, 반대로 김소월의 진달래꽃도 영어로 수십 차례 번역되었다. 그러므로 영어영문학 전공

자들은 언제든지 통번역 분야에서 자신의 재능과 능력을 발휘할 수 있다.

번역은 문학 번역 이외에도 국가 기록물 번역, 고전 번역, 문학 번역, 미디어 번역, 매뉴얼 번역 등으로 그 분야가 다양하다. 상업적 번역은 시장 원리에 따라 현재에도 왕성하게 이루어지고 있다. 이제 앞으로 우리 사회가 관심을 기울여야 할 분야는 각종 국가 기록물을 외국어로 번역하여 우리 문화를 알리는 것이다. 또한 기업의 각종 매뉴얼과 상품소개서 등을 번역하는 것도 점점 그 범위가 넓어지고 있다. 이는 세계화의 당연한 결과로서 영어 외의 언어로도 번역되어야 하지만, 일단은 세계어인 영어로 번역되는 것이 시급하다 하겠다.

영화와 애니메이션이 인기를 끌면서 영상 번역도 새로운 블루오션으로 각광받고 있다. 영상 번역은 다른 번역과는 달리 글자 수의 제약을 받는다. 원래 영화에서 아무리 많은 대사가 있어도 그것을 많은 글자로 번역하면 관람자가 읽을 수 없기 때문이다. 영화 번역으로 유명한 이미도 씨의 말에 따르면 우리나라 영상 번역은 아직도 블루오션이라고 한다. 다시 말해 수요에 비해 아직 번역 능력을 가진 사람들이 많지 않다는 것이다. 앞으로는 더욱더 많은 영화가 수입되고 수출될 것으로 보여 영상 번역은 전망이 밝은 분야로 볼 수 있다.

영어를 우리말로 옮기는 번역은 지금까지 수

없이 진행되어 왔다. 선진문물의 도입이 번역을 통해 이루어지는 한 번역은 언제나 필요하다. 물론 선진문물을 도입하는 후진국에서도 번역이 필요하지만, 그 반대의 필요성도 있다. 가령 미국과 같은 선진국은 다른 국가에 대한 정보 축적의 필요성 때문에 그 나라의 중요문서들을 영어로 번역하기도 한다. 쌍방향 번역이 필요한 이유이다. 그러나 대개 우리가 생각해 볼 수 있는 것은 선진국의 문서들이 후진국에서 번역되어 수입되는 상황이다. 외국의 중요 국가문서를 번역하기 위해서는 그 나라 사정에 정통해야 할 것이다. 영어영문학을 공부하는 것은 결국 영미권 국가의 정치, 경제, 사회, 문화 등에 접하면서 그 나라에 정통한 지식인이 되는 것이므로 해당 국가의 문서들을 번역하는 데 제격이라 할 수 있다.

우리의 고전이나 중요 역사적 기록물을 영어로 번역하여 세계에 알리는 것도 큰 과제이다. 〈삼국사기〉라든가 〈조선왕조실록〉과 같은 세계적 문화유산들을 영어로 옮기는 것은 우리 자신을 위해서뿐 아니라 세계의 지적 호기심을 가진 사람들을 위해서도 당연히 이루어져야 하는 작업이다. 최근에는 사학과나 문헌정보학과 혹은 국가기록물 관리학과와 같은 분야에서 국가 기록물을 영어로 옮기는 작업을 시도하기도 하는데, 여기서 꼭 필요한 것이 영어실력이다. 따라서 영문학을 전공하고 이러한 분야의 번역 사업에 종사하는 것도 새로운 직업의 가능성이라 할 수 있다.

문학 번역은 이미 누구에게나 익숙한 분야다. 영어로 쓰인 문학 작품

영어를 능숙하게 구사하지 못하면서 영어 통역이나 번역을 할 수는 없다. 그런 의미에서 영어 통번역은 영어영문학과 전공자가 가장 잘할 수 있는 과업 중의 하나이다.

을 우리말로 옮기는 것은 물론, 다른 외국어로 쓰인 작품의 영어번역본을 다시 우리말로 번역하는 일은 매우 흔해졌다. 통계에 따르면 우리말로 쓰인 작품보다 번역 작품이 베스트셀러의 상위를 차지하며, 총 판매량의 반 이상을 차지한다고 한다. 그만큼 번역의 비중이 커졌다는 것을 의미한다. 우리말로 쓰인 작품을 영어로 번역하는 것도 큰 과제이다. 최근에는 처음부터 영어로 작품을 쓰는 작가들도 많아졌다. 체코에서 태어나 프랑스에서 살면서 프랑스어로 작품을 쓴 밀란 쿤데라처럼 이제 어떤 언어로 작품을 쓰느냐 하는 것은 문제가 되지 않는지도 모른다. 자신의 모국어를 떠나 제2, 제3의 언어로 작품을 쓰는 세계적 작가들이 점점 많아지고 있다. 그러나 아직도 우리말과 다른 외국어를 제 모국어처럼 쓸 수 있는 작가들이 많지 않은 상황에서 우리의 문학 작품을 영어로 옮기는 것은 매우 중요하다. 우리는 작품은 좋은데 훌륭한 번역이 되지 않아 노벨 문학상을 받지 못한다는 자조적인 이야기를 가끔 듣게 된다. 그 말의 사실 여부를 떠나 번역이 얼마나 중요한지를 다시금 느끼게 된다.

매뉴얼 번역은 이제 거의 기계 번역에 의존하는 것 같다. 기계 번역이 더욱더 정교해지고 정확성이 높아지자 단순한 매뉴얼 번역은 사람의 손을 거치지 않고 기계 번역을 통해도 거의 문제가 없는 수준으로 높아졌기 때문이다.

영상 번역은 앞에서도 간단히 언급했지만, 번역 분야의 블루오션이다. 우리나라처럼 자국영화의 상영 비중이 높은 곳에서도 외화 번역은 점점 수요가 높아지고 있다. 만일 외국 영화의 상영 비율이 높아진다면 우리는 점점 더 많은 번역가를 필요로 할 것이다. 문서 번역과는 달리 미디어 번역은 대본보다도 영어를 듣고 번역해야 하는 경우도 많다. 결국 영어를 잘하는 사람만이 미디어 번역에서 실력을 발휘할 수 있을 것이다.

영어산업의 메카, 영어교육

어떤 사기업 연구소의 연구결과에 따르면, 현재 우리나라 영어 사교육 시장은 약 15조 원에 달한다고 한다. 여기에는 중고교생의 영어 교습비용과 각종 평가비용 등이 포함된다. 해외로 나가는 장단기 어학연수생, 유학생, 연구생의 비용을 포함하면 그 비용은 더 커질 것이다. 평균적으로 말하자면, 우리 국민 모두가 적어도 한 번쯤은 영어 학원을 다녔거나 영어 과외를 받았을 것으로 추정된다. 그러니까 우리나라에서 영어산업은 어떠한 분야보다도 크다고 할 수 있다.

문제는 영어사교육 시장의 공급자들 중 상당수가 영어전공자가 아니라는 점이다. 물론 전공자가 아니더라도 훌륭하고 능력 있는 교육자들이 있을 수 있다. 그러나 전공을 하지 않고 영어교육에 투신할 경우 아무래도 전공자에 비해 불리한 조건임이 틀림없다. 최근에는 사교육 시장의 종사자들도 석사학위나 박사학위를 받는 등 고학력화되고 있다. 교육 수요자의 시각에서 보자면 이러한 경향은 바람직한 면도 있다.

영어영문학 전공자들은 공교육 분야의 영어교육자로서뿐 아니라 영어사교육 시장에서도 큰 역할을 할 수 있다. 공교육과는 달리 사교육 시장은 냉혹한 시장원리에 의해 철저히 능력 위주로 평가되기 때문에 시간이 갈수록 더 높은 수준의 실력을 요구할 것이다. 그런 점에서 앞으로는 점점 더 전공자가 시장을 지배할 것으로 생각된다.

뿐만 아니라 앞으로는 영어로 타 과목을 교수하는 소위 몰입교육(immersion education)이 확대될 것으로 보인다. 따라서 영어 수요가 폭발적으로 증가할 것이 틀림없다. 예를 들자면, 수학을 영어로 가르치기 위해서는 수학교사가 영어를 배우는 것도 한 방법이겠지만, 영어 능력을 구비한 사람이 수학교사로 진출하는 것도 한 방법이다. 또 초등학교 영어교육이 현재의 3학년에서 1학년으로 낮추어져야 한다는 논의가 실행되면 영어수요는 더욱 늘어날 수밖에 없다.

영어교육 분야는 한마디로 표현하면 간단하게 보일 수도 있다. 그러나 영어교육 분야도 영어교사를 비롯하여 교재와 평가, 수업 등의 영역이나 듣기, 말하기, 읽기, 쓰기 등의 기능을 생각해 볼 수 있다. 즉 듣기교재를 개발하는 전문가, 말하기 평가 전문가, 읽기를 위한 교재를 개발하는 전문가가 필요하다. 미국의 영어시험기관은 TOEIC과 TOEFL 시험을 제공하는 영어평가 전문기관이다. 미국의 대학에 유학하기 위해서는 TOEFL 시험 성적이 필요하기

때문에 전 세계의 수많은 유학지망생이 바로 이 사설기관의 고객이다. 우리나라에서도 TEPS와 같은 영어시험이 있는데, 바로 이런 기관에 영어평가 전문가들이 필요하다.

다국어 작품을 꿈꾸는 창작

소설이나 시 또는 희곡을 쓰는 사람들은 주로 국문과나 문예창작과 출신들이다. 물론 다른 전공을 했거나 대학을 나오지 않은 사람들 중에도 훌륭한 작가가 많이 있다. 그러나 일반적으로 국문과와 문예창작과가 바로 작가들의 산실이다.

그런데 이제 문학시장도 내수시장뿐 아니라 세계를 상대로 하는 시대가 되었다. 국문학 작품을 영어로 번역하여 세계에 내놓은 것도 한 방법이지만, 처음부터 영어로 문학 작품을 쓰는 것이 더욱더 시장을 넓히는 길인 시대에 도달했다. 미국에서 활동하는 한국인 출신 작가 이창래의 〈네이티브 스피커〉는 영문학 작품의 범주에 들겠지만, 어쨌든 한국인의 후예로서 한국인의 시각에서 쓰인 작품으로 보인다. 이 작품이 처음에 한국어로 쓰였고, 영어로 번역되었다면 아마도 지금과 같은 명성을 얻기가 쉽지 않았을 것으로 짐작해 볼 수 있다.

순수 문학 작품만 그런 것은 아니다. 미국에 유입된 아시아계 인구가

많아지면서 문화 소비층에서도 아시아계 인구가 증가한 것이다. 할리우드 영화를 포함한 미국의 거대자본 문화공급자들은 이러한 사회변화에 발맞추어 틈새시장을 목표로 하는 문화상품을 기획하고 있다. 대표적으로 애니메이션 『뮬란』은 미국 내의 중국계들 그리고 아시아의 중국인들을 대상으로 한 문화상품이다. 이러한 작품을 제작하기 위해서는 당연히 영어에 능통한 중국인들이 필요할 것이다. 1970년대 미국에서 방영된 『매쉬(MASH)』라는 드라마는 한국전쟁을 무대로 했다. 하지만 드라마에 출연한 한국인 역할은 실제로는 일본인이 맡았다. 여러 가지 이유가 있었겠지만, 일단은 영어를 구사할 수 있는 한국인 출신 배우들이 당시에는 충분하지 않았다는 것이 가장 큰 이유였을 것이다.

이제는 미국의 한국인 교포들 혹은 미국인들을 대상으로 한 시, 소설, 희곡을 쓰는 한국인 작가들이 늘어나고 있다. 다시 말해 한국문학, 미국문학이라는 경계가 허물어지고 있는 것이다. 문장력을 갖춘 사람이라면 한국어로도, 영어로도 작품을 쓸 수 있고, 그 작품은 이제 한국과 미국, 그리고 더 나아가서 전 세계를 시장으로 가질 수 있게 된 것이다. 유럽이나 호주의 많은 작가들이 2개 국어 이상을 구사하면서 다국어로 작품을 쓰는 것을 흔히 볼 수 있다. 우리의 경우에는 아직 국내에 거주하면서 다국어로 글을 쓰는 작가가 드문 상황이지만, 앞으로는 이러한 사례들이 점점 더 많아질 것이다.

언어학적 지식으로 재탄생된 브랜드 네이밍

X-canvas, Paav, Ester Lauder 등의 이름은 한 번쯤 보았을 것이다. 이런 이름들은 굳이 한글로 표기하지 않고 영어로 표기한다. 영어 글자를 모르는 사람들은 물론 읽을 수 없을 것이다. 그런 사람들은 이 제품의 잠재적 소비자로 고려하지 않는다.

브랜드 네이밍이란 상품의 이름을 짓는 분야를 말한다. 1990년대까지만 해도 브랜드 네이밍은 소수 전문가들만이 관심을 갖는 분야였다. 기업도 소비자도 브랜드의 가치를 깊이 생각하지 않았던 탓이다. 그러나 지금은 많은 문화학자들이 말하듯이 브랜드 네임이 제품 자체보다 더 중요한 시대이다. 미국의 어떤 학자는 데카르트의 말을 바꾸어서 '나는 소비한다. 고로 나는 존재한다.' 라고까지 선언하였다. 소비 행위는 당연히 브랜드 네임을 전제로 한다. 복수의 제품을 구분하기 위해서는 당연히 이름이 필요하기 때문이다.

아파트 이름을 예로 들어보자. 전에는 건설사가 곧 이름이었다. 현대

아파트, 삼성 아파트, 대림 아파트 혹은 신동아 아파트처럼 말이다. 그런데 1990년대 들어서면서 아파트 이름들이 건설사 이름을 벗어나 전혀 새로운 언어의 조합으로 바뀌기 시작했다. 삼성 아파트는 래미안으로, 현대 아파트는 아이파크로, 두산 아파트는 위브(We' ve)로 바뀌었다. 그리고 같은 건설사의 아파트임에도 불구하고 삼성 아파트와 래미안 아파트는 엄청난 경제적 가치 차이를 가지게 되었다. '오리표 싱크' 가 '에넥스' 가 되는 순간 매출액이 엄청나게 증가했다. 이것이 바로 브랜드 네이밍의 효과이다. 지금은 제품을 소비하는 시대가 아니라 브랜드 네임을 소비하는 시대이다. 동일한 원료로 만들어진 화장품이라도 그것이 샤넬이란 이름을 가지느냐 아니면 다른 이름을 가지느냐에 따라 값이 엄청나게 달라진다.

영어학을 전공하는 사람들은 브랜드 네이밍 분야에서 두각을 나타낼 수 있다. 브랜드 네이밍은 바로 언어학적 속성을 잘 알아야 하는 분야이기 때문이다. 언어학적 지식이 없이는 듣기에 알기 쉽고 잘 기억되며 어떠한 부정적 이미지를 연상시키지 않는 좋은 이름을 지을 수 없기 때문이다.

브랜드 네이밍이란 상품의 이름을 짓는 분야를 말한다. 1990년대까지만 해도 브랜드 네이밍은 소수 전문가들만이 관심을 갖는 분야였다.

한줄에 담긴 미학, 광고카피

광고카피는 우리에게 매우 익숙하다. 신문이나 텔레비전을 틀면 안 볼 수 없는 것이 광고이고, 광고에는 늘 문구가 사용된다. 아무런 대사도 없는 광고는 이미지 광고를 제외하고는 극히 드물다. 단 한 줄로 소비자의 마음을 사로잡기 위해서는 아주 함축적이고 독특한 광고카피를 사용해야 한다.

수년 전 탤런트 김정은이 출연한 한 카드사의 광고에서 "부~자 되세요. 꼭이오."는 카드사와 상관없이 수많은 사람들의 기억에 남는 명대사였다.

광고 카피라이터를 전문으로 다루는 저서 중 하나인 최병광의 〈카피라이팅〉이라는 책에서는 카피라이터가 되기 위한 조건으로 다음과 같은 원리들을 제시했다.

폭넓은 교양과 지식, 경험을 지녀야 한다.

세상 돌아가는 물정을 알아야 한다.

광고이론에 정통해야 한다.

커뮤니케이션의 전략가가 되어야 한다.

아이디어 발상이 자유자재라야 한다.

날카로운 감각이 있어야 한다.

문장력이 있어야 한다.

아트를 보는 눈이 있어야 한다.

비즈니스 감각이 있어야 한다.

인간관계에 능해야 한다.

화술과 설득력이 있어야 한다.

건강과 인내심을 가져야 한다.

휴머니스트가 되어야 한다.

여기서 특히 주목할 부분은 첫 번째 조건과 마지막 조건이다. 유능한 카피라이터가 되기 위해서는 폭넓은 교양과 지식, 경험을 지녀야 하고, 휴머니스트가 되어야 한다. 바로 영어영문학이 제공할 수 있는 분야이다. 우리는 다양한 문학 작품을 통해 폭넓은 교양과 지식, 간접경험을 얻을 수 있다. 실제로 많은 영어영문학과 졸업생들이 광고카피 분야에서 활동하고 있다. 문학적 상상력뿐만 아니라 영어학을 통해 언어학적 지식을 가지고 있기 때문에 광고카피의 생명이라 할 언어적 기술을 연마하기 때문이다.

현대는 소위 브랜드 네임을 사고파는 시대이다. 화장품을 사는 것이 아니라 화장품 이름을 사는 것이다. 가령 샤넬의 No.5를 사는 사람은 피부를 보호하고 아름답게 하는 화장품을 샀다기보다는 샤넬 No.5라는 부가가치, 문화적 효용성 혹은 권력을 사는 것이다. 그런 의미에서 광고는 브랜드 네이밍과 불가분의 관계를 가지고 있다. 효과적인 브랜드 네임을 만들고, 설득력 있는 광고카피를 창안하는 것이 훌륭한 제품을 만드는 것보다 더 중요한 시대에 살고 있는 것이다.

언어 능력의 산실, 외교

영어영문학과에서는 기본적으로 영어라는 세계어를 자유자재로 사용할 수 있는 능력을 길러준다. 그렇기 때문에 영어 외에 제2, 제3의 외국어를 연마함으로써 복수의 외국어를 구사할 수 있는 가능성이 다른 학문 분야보다도 높다고 하겠다.

한국어와 영어 외에 다른 외국어를 구사할 수 있다는 것은 크나큰 장점이다. 과거에는 영어 하나만 잘 구사할 수 있어도 경쟁력이 있었지만, 최근에는 그렇지 않다. 국제기구에서 일하기 위해서는 영어는 말할 것도 없고, 프랑스어나 스페인어와 같은 유엔 공용어를 구사할 수 있어야 한다. 반기문 유엔사무총장처럼 국제기구에서 활동하기 위해서는 언어 능력이 기본적으로 요구되는 것이다.

물론 외교학과나 정치외교학과 혹은 법학과를 나와도 외교관이 되는 길은 얼마든지 열려있고, 실제로 이 분야 출신들이 직업외교관이 되는 사례가 많다. 그러나 외교관이란 직업은 기본적으로 외국어를 구

국제기구에서 일하기 위해서는 영어는 말할 것도 없고, 프랑스어나 스페인어와 같은 유엔 공용어를 구사할 수 있어야 한다.

사할 수 있어야 하기 때문에 영어영문학과에서 외국어 실력을 연마하고 나아가 외교 분야에서 필요한 지식을 겸비하는 것이 효과적이다. 다음은 '외교관이 되고 싶은 사람에게 추천해 주고 싶은 학과'란 이름으로 인터넷에 올라온 의견이다.

> 외교관이 되었을 때 가장 많은 도움을 얻을 수 있는 학과는 국제관계학과(국제정치학)입니다. 정치외교학과 수업의 일부분이 되는 것이죠. 정치외교학도 비교정치, 국제정치, 정치이론으로 나눌 수 있는데 그 파트에서 국제정치 파트를 집중적으로 공부할 수 있는 곳이면 됩니다. 그것으로 가장 좋은 곳은 서울대 외교학과이고요^^; 외교관이 되고 싶으시다면 영문과나 불문과 쪽으로 가셔서 정치외교학과를 복수전공하시는 것도 괜찮을 듯합니다. 그 반대도 좋고요. 외교관에게 원어민에 가까운 어학 능력은 필수니까요.^^ 도움이 되셨을지 모르겠네요. 지금부터 어학을 열심히 하시고, 하루에 2종류 이상의 신문을 통독하시고, 인문, 사회과학 서적을 많이 읽는 노력을 하시는 게 좋을 듯합니다.^^

이러한 소박한 충고에서도 영문과나 불문과가 언급되고 있다. 외교관은 언어를 통해 상대국에 좋은 이미지를 주고 자국의 이익을 챙겨야 하기 때문에 언어실력은 필수이다. 제아무리 해당국의 사정에 밝고 폭넓은 지식을 지니고 있다 하더라도 그것을 표현할 언어적 능력이

없다면 아무 소용이 없기 때문이다. 그런 의미에서 영문과에서 언어 능력을 기르고 외교 관련 전공지식을 부전공이나 복수전공으로 선택하는 것도 좋은 방법이라 생각된다. 영문과 출신들이 외교 분야에서 왕성하게 활동할 수 있는 이유도 바로 여기에 있다.

스포트라이트를 받는 신문방송

아나운서가 되려면 어떤 학과를 가야 할까? 신문기자가 되려면 어떤 학과를 선택해야 할까? 언론정보학과, 사회학과, 아니면 영어영문학과? 언론계에 진출하는 사람들의 전공을 보면 언론정보학이 다수일 것으로 생각되지만 사실은 그렇지 않다. 영문과 출신들이 방송은 물론 인쇄매체에도 상당수 포진하고 있다. 얼핏 생각나는 방송인만 하더라도 박지윤, 나경은, 황현정, 정세진, 강재형 등의 아나운서들이 영문과 출신이고, 지금은 고인이 된 전 MBC사장 이득렬 씨도 영문과 출신이었다. 통계를 내보면 훨씬 더 많은 아나운서, 기자, 프로듀서들이 영문과 출신으로 드러날 것으로 생각된다.

언론정보학이 해당 분야의 전문적 지식을 연마하는 데 주안점을 둔다면, 영문과는 더욱 광범위한 인문학적 소양을 기르는 데 주안점을 둔다. 또한 영어학이 결국 언어의 다양한 측면들을 살필 수 있는 기회를 제공하기 때문에 전문 분야의 지식을 익히는 것보다는 유리할 수도

있을 것이다. 더욱이 활동의 범위가 점점 세계화되어 가는 현대에서는 전 세계 어디에서든지 취재와 진행을 필요로 하기 때문에 언어능력이 더욱 중요해졌다. 국문과 출신보다도 영문과 출신들이 우리말을 사용하는 방송계에 더 많이 진출하는 이유도 여기서 찾을 수 있을 것이다.

물론 언론정보학과나 광고홍보학과 혹은 정치외교학과 출신들이 신문과 방송 분야에 진출하는 사례는 수없이 많다. 우리 시대의 저명 언론인으로 각광받고 있는 손석희 아나운서는 국문과 출신이다. 개인적 노력과 장점으로 전공에 상관없이 언론계에 진출할 수도 있겠지만, 언론계에 영문과 출신이 유독 많은 이유는 다른 전공에서는 제공하지 않는 독특한 지식과 경험을 영문과에서 제공하기 때문이라고 할 수밖에 없다.

인문학적 소양의 발견, 경제와 경영

영어영문학 학생들 다수는 부전공이나 복수전공으로 경제와 경영, 언론정보학이나 광고홍보학을 선택한다. 또 반대로 경제와 경영 전공 학생들이 영문학을 부전공이나 복수전공으로 선택하는 것을 볼 수 있다. 내가 담당하는 영어학 전공과목에 늘 일정한 수의 경영학과와 언론정보학과 학생들이 수강하는 것을 볼 수 있다.

특히 세계를 무대로 무역업에 종사하고자 하는 사람들은 이러한 진로를 선택하는 경우가 흔하다. 세계어인 영어를 익히고 또 경제나 경영학 지식을 습득함으로써 세계를 상대로 무역을 해보려는 원대한 꿈을 이룰 수 있다고 믿기 때문이다. 무역업이나 기타 비즈니스 업계에 종사하는 많은 사람들이 영문과 출신인 이유는 바로 여기에 있다. 패밀리 레스토랑으로 유명한 베니건스의 총 책임자도 영문과 출신이다. 영문과 출신은 아니지만 휴렛패커드의 최고경영자였던 피오리나는 대학생 시절 중세학을 전공하였다. 이러한 사례들은 어떤 면에서는

특수한 개인적 경우에 속하겠지만, 비즈니스와 같은 분야에서도 인문학적 소양이 얼마나 중요한지를 보여주기에 충분하다. 세계 최초의 여성 최고경영자이자, 〈포춘〉이 5회 연속 선정한 '세계 최고의 여성 CEO 1위', 2002년 CNN 선정 '올해의 여성', 2003년 〈비즈니스위크〉 '올해의 인물' 등 매년 최고의 수식어로 한 해를 시작했던 CEO 칼리 피오리나. 그는 스탠퍼드 대학에서 중세사를 전공한 후 메릴랜드 대학에서 MBA를, MIT에서 석사학위를 받았다. 그는 특히 청중을 휘어잡는 언어의 마술사로 불리며 일상적인 대화에서도 독특한 단어를 넣은 풍미 가득한 언어를 구사했으며 비서들은 그녀가 했던 인상 깊은 말들을 모아 명언집을 만들기도 했다.

내가 피오리나에 관한 이야기를 길게 하는 이유는 현대 경영이 바로 인문학적 소양을 필요로 한다는 점을 강조하기 위해서이다. 장사를 잘하기 위해 장사법을 배우는 것은 마치 농사를 잘 짓기 위해 농업을 배우는 것과 마찬가지다. 그렇게 하는 것이 매우 효과적이고 빠른 방법임이 틀림없다. 그러나 피오리나의 경우와 마찬가지로 더 넓은 의미에서의 성공은 상상력과 창조적 사고를 지향하는 인문학적 소양을 바탕으로 할 수밖에 없다.

체육 외교관을 꿈꾸는 체육 문화 분야

영어영문학과와 체육은 일견 아무런 관련이 없어 보인다. 그러나 현대사회와 같이 모든 스포츠 행사가 국제화되고, 스포츠 외교 분야가 중요해진 시대에는 외국어를 자유자재로 구사할 수 있는 인력이 필요하다. 물론 축구 선수는 축구만 잘하면 되고, 야구 선수는 야구만 잘하면 일단 문제가 없다고 할 수 있다. 그러나 좀 더 시각을 넓혀 보면 그렇지 않다는 사실을 금방 알 수 있다. 영국의 프리미어리그에서 활동하는 박지성 선수나 이영표 선수를 생각해 보자. 그들과 관련하여 심심치 않게 뉴스거리가 되는 것은 그들이 영어공부를 열심히 한다는 것이다. 축구 선수가 영어공부를 열심히 하는 것이 뉴스거리가 되는 이유는 아무리 운동을 잘해도 언어가 없이는 불편하다는 사실을 보여주기 때문이다. 통역사를 고용하는 것으로 해결될 문제가 아니다. 사생활의 문제와 미묘한 감정의 표현과 같은 문제들을 통역사가 해결해 줄 수는 없다.

직업적 운동선수라면 전 세계를 활동무대로 할수록 외국어 능력이 필요하다. 박찬호 선수나 박세리 선수가 영어로 의사소통을 할 수 없었다면 과연 그들이 성취한 업적을 이룰 수 있었을까? 물론 영문과 진학생들이 직업적 운동선수는 아니다. 지금까지 우리가 말한 것은 직업적 선수들에게 영어와 같은 외국어 능력이 필요하다는 것이었다.
그러면 영문과 전공생들은 체육 분야와 어떠한 관련이 있는가. 영문과 출신으로 운동에 특별히 관심이 있는 사람들은 언어 능력을 활용하여 다양한 스포츠 분야에서 활동할 수 있다. 앞에서 언급했듯이, 스포츠 외교 분야에도 인력이 필요하고, 국제적 스포츠 활동에서 통역이 필요한 경우도 자주 있으므로 전문 통역요원으로 활동할 수도 있다. 또 스포츠 관련 전문서적을 번역하거나, 세계적 수준의 스포츠 행사에 참여하여 기획활동을 할 수도 있다. 내가 아는 어떤 사람은 미국에서 프로골프 선수였는데 이제 귀국하여 골프와 관련된 국제적 비즈니스를 해보고 싶다고 했다. 그러기 위해 어떠한 영어실력이 필요한지 묻기에 말하기, 듣기, 읽기, 쓰기의 네 영역에 대한 실력을 갖추어야 할 것이라고 대답했다. 사실 스포츠 관련 기획자가 되기 위해서는 언어의 모든 능력이 필요하다. 때로는 외국인과 대화를 할 수도 있고, 때로는 문서를 작성하여 보낼 경우도 생긴다. 또 전문저서를 빨리 읽고 내용을 파악하는 능력도 필요하다. 그렇기 때문에 영문과 졸업생으로 스포츠에 관심이 많은 사람들은 앞으로도 무한한 가능성을 가지고 있다고 할 수 있다.

다양한 문화의 만남, 전시와 공연 기획

우리나라에서 특히 미국의 문화가 강력한 영향력을 발휘하는 것은 현재의 지정학적, 정치경제적 상황 때문일 것이다. 남과 북이 분단된 이후, 남쪽에서는 미국의 힘이, 북쪽에서는 러시아의 힘이 과도하게 영향력을 발휘해 왔다. 문화적 영향력은 해방 이후 더욱더 강력해지고 있다. 특히 컴퓨터 소프트웨어인 MS 워드를 막아내고 '한글'을 사용하는 점을 들 수 있다. 다른 것은 모두 미국의 거대 회사에 압도되었지만 소프트웨어 '한글' 만큼은 굳건하게 버티고 있다.

스크린쿼터 등의 도움이긴 하지만 할리우드 영화의 강력한 영향 아래 아직도 한국영화가 명맥을 유지하고 있는 것도 큰 위안이다. 다른 국가들과 비교해 볼 때 영화산업만은 아직 살아남았다고 할 수 있다. 심지어 어떤 한국영화는 관객 1,000만을 돌파할 정도로 건전한 토대를 가지고 있다고 말할 수도 있다.

그러나 세계문화와 함께 호흡하면서 살아야 하는 운명이라면, 미국문

화의 유입 또한 능동적으로 대처할 필요가 있다. 다시 말해 영어사용국의 문화를 수입하는 사람들이 영어에 능통하고, 영어사용국 국민들의 정서를 효과적으로 파악하는 것이 필요하다. 그러기 위해서는 능통한 영어 화자가 필요함은 당연하다. 앞에서 언급한 베니건스의 최고경영자가 한때 미국의 뮤지컬이나 오페라를 수입하여 우리 국민들에게 양질의 미국문화를 보여줄 수 있었던 것은 그 경영자가 바로 영문과 출신이었기 때문에 가능했을 것이다. 오페라의 유령이나 헤드윅 등과 같은 작품들을 선별하여 수입하고 공급할 수 있었던 데에는 그 경영자가 영어를 구사할 수 있고, 미국문화에 낯설지 않았기 때문이다. 신문사의 잘나가는 문화부 기자를 그만두고 서울예술단 이사장으로 자리를 옮긴 정재왈 씨도 영문과 출신이다. 연극영화계와 전시공연기획 분야에 영문과 출신이 유독 많은 이유도 영어라는 언어 능력 이외에 영어영문학을 통해 접한 다양한 지식과 경험들이 있었기 때문일 것이다. 우리 사회에 소개되는 많은 서양 드라마는 영미권의 작품들이다. 그렇기 때문에 영문과 출신의 공연기획자나 연기인들이 좀 더 유리한 입장에 있다고 할 수 있다.

영어영문학과 졸업생의 생생 직업 인터뷰
"동시통역사 고상숙 님을 만났습니다"

Q. 영문과에 진학한 이유와 계기는 무엇입니까?

A. 어문학 쪽에 원래 관심이 많아서 불어불문학을 선택하려고 했는데 학과를 결정할 때 아버지가 불문과보다는 영문과를 권하셨습니다. 영어영문학을 전공하면 제가 갈 수 있는 길이 더 많을 거라고 말이죠. 그때 아버지 말씀을 따르길 잘했다고 생각합니다.

Q. 학과와 관련된 많은 직업 중 왜 지금의 직업을 선택했나요?

A. 대학을 졸업한 직후에 외국인 회사에 입사를 했어요. 아기 엄마들이 많았는데 모두들 아침에 애들 떼어놓고 출근하기가 제일 힘들다는 이야기들을 하더군요. 그때 막연히 일정을 조절할 수 있는 프리랜서를 해야겠다는 생각을 했죠. 그리고 회사를 그만둔 뒤, 외대 동시통역 대학원에 진학해 통역사가 되었습니다.

Q. 일반적으로 어떤 일을 하나요?

A. 동시통역은 보통 2명이 1조가 되어 부스에 들어가 마이크에 대고 통역을 합니다. 20분에서 40분 정도 간격으로 파트너와 교대로 통역을 하고, 청중은 헤드셋을 통해 통역을 듣죠. 본인이 할 때는 연사가 하는 말을 들으면서 동시에 통역을 하고 상대방이 할 때는 옆

에서 도와줍니다. 동시통역을 할 때 숫자를 우리말로 옮기는 것이 헷갈리는 경우가 많아서 보통 옆에서 숫자가 나올 때 열심히 써줍니다.

Q. 현재 하고 있는 일을 좀 더 구체적으로 알려주세요.

A. 동시통역, 순차통역 그리고 책번역을 하고 있습니다. 동시통역은 말 그대로 둘이 부스 안에 앉아 돌아가면서 듣는 즉시 통역을 하는 것이고, 순차통역은 연사가 말한 후 3, 4분 뒤에 통역사가 기록해 놓은 것을 참고삼아 통역을 하는 것을 말합니다. 요즘에는 대부분 행사에서 동시통역을 선택하기 때문에 순차통역의 비중은 점점 더 줄어들고 있죠. 그리고 짬짬이 책번역도 합니다.

Q. 보통 하루 일과는 어떻게 되나요?

A. 그때 그때 다른데요, 현장에 가서 연사들과 사전에 만나 모르는 내용 등을 물어보는 프리미팅을 한 후, 본격적인 회의시간 동안 통역을 하죠. 일이 끝나면 집에 와서 저녁식사하고 다음 날 통역할 자료들을 보면서 공부하다가 늦게 잠자리에 드는 경우가 많습니다.

Q. 이 직업을 갖기 위해서는 반드시 취업을 해야 하나요?

A. 대개 통역사는 프리랜서로 일을 하죠. 여러 통번역 에이전시에 이름을 올려놓고 먼저 연락이 오는 업체의 일을 받습니다. 가끔 업무용 비즈니스 통역의 경우 클라이언트가 한국에 올 때마다 직접 연락하는 경우도 있고요.

Q. 지금의 직업을 위해 대학시절 어떤 준비를 하셨나요? 필요한 자격증 등 반드시 갖춰야 하는 사항 혹은 적성 등이 있다면 알려주세요.

A. 따로 준비한 것은 없었어요. 저는 원래 눈앞에 닥친 일을 열심히 하는 학생이었죠. 대학교 때도 마찬가지여서 항상 학과공부만을 했죠. 3학년 때 학교생활이 조금 지겨워지면서 교환학생을 지원했는데, 교환학생 프로그램을 통해 미국에서 1년 동안 공부한 것이 나중에 통역사가 되는 데 많은 도움이 되었던 것 같아요.

Q. 직업의 가장 큰 매력은 무엇입니까?

A. 대개 직장인들의 경우 9시까지 출근해서 6시에 퇴근할 때까지 매일 비슷한 일들이 반복됩니다. 그래서 어느 정도 업무에 익숙해지면 자신의 일이 조금 지겨워지기도 하죠. 하지만 통역사들은 매번 다른 사람들을 대하고 다른 주제에 대해 다루기 때문에 그럴 틈이 없죠. 일을 하면서 새로운 많은 것을 배우게 되어 재미있고 사는 데 활력을 느낄 수 있답니다.

Q. 지금의 직업에는 영어영문학을 전공한 사람뿐만 아니라 비전공자도 있을 것입니다. 비전공자에 비해 전공자로서 갖게 되는 장점은 어떠한 것들이 있나요?

A. 통역사를 하는 데 영어영문학이 전공자라고 할 수는 없다고 생각합니다. 학부 때 토목공학을 전공했다면 통역사로서 토목공학 분야의 통역을 보다 더 잘하고 전문화할 수 있겠죠. 어느 학과를

전공했느냐보다는 자신의 전문 분야를 갖는 것이 더 중요하다고 생각합니다. 통역사는 영어를 잘하는 것뿐만 아니라 전문 지식을 갖고 있어야 하거든요.

Q. 대개 연봉은 어느 정도인가요?

A. 1년차나 5년차나 하루 통역료는 같습니다. 연봉은 보통 열심히 하면 1억 정도 넘습니다.

Q. 이 직업의 미래성, 전망은 어떻습니까?

A. 국제화 시대에서 자유롭게 의사소통을 할 수 있도록 해주는 통역사들의 역할은 점점 더 커질 것입니다. 요즘은 어릴 때부터 영어교육을 시키기 때문에 조만간 통역이 필요 없어지지 않을까 하는 생각들도 있겠지만, 그래도 모든 사람들이 모국어처럼 영어를 할 수 있는 시대가 오기 전까지는 시간이 걸리겠죠.

Q. 이 직업을 선택하고자 하는 중고등학생들에게 한마디 부탁드립니다.

A. 언어에 재능이 있고, 다방면에 관심이 있으며 공부하는 것을 즐기는 분들에게 적극 권장합니다. 무슨 직업이나 그렇겠지만, 열심히 노력할 마음 자세만 있으면 즐겁게 일하며 즐기는 인생을 살 수 있는 직업이라고 생각합니다.

1. 영문 삼매경에 빠지다!

2. 영어로 세상을 꿈꾸다

3. 무한한 발견의 즐거움을 느끼다

장 교수님의 학문 이야기

영어 삼매경에 빠지다!

나는 어려서부터 영어를 좋아했다. 초등학교를 다니던 시절에는 시골이라 중학생도 거의 없었고, 책도 구할 수가 없었다. 자연부락을 기준으로 보면, 딱 1명의 중학생이 있었는데, 우리 집에는 책이 없었기 때문에 중학교 영어책을 보기 위해 그 집까지 찾아가서 책을 베껴 왔던 기억이 있다. 중고등학교 시절에도 영어에 대한 나의 관심은 계속 유지되었고, 대학을 선택할 무렵에는 특별한 의문 없이 자연스럽게 영문과에 진학하게 되었다.

그러나 막상 대학에 진학해 보니 내가 생각했던 것과 달랐다. 고졸 자격 검정고시를 통해 대학에 진학한 나는 영어에 대한 기초 실력이 부족해 대학 첫 해를 아주 어렵게 보내야 했다. 문장 해석이 잘 안 되고, 단어들도 생소했다. 게다가 영어와 한국어를 뒤섞어 사용하시던 어떤 교수님의 강의는 알아들을 수 없을 정도였다. 다소 실망스러웠고, 미래의 진로에 대해서도 걱정이 쌓여갔다. 문학 작품을 읽는 것은 재미

있었지만, 문학 교수님들이 하는 말은 도무지 알아들을 수가 없었다. 제임스 조이스의 〈더블린 사람들〉이란 작품을 배우는 도중이었다. 교수님이 계속해서 Epiphany, grotesque와 같은 단어들을 사용하시는데, 철자도 알 수 없고 물어봐도 속 시원하게 대답해 주는 친구가 없었다. 대학 2학년 1학기가 지나면서 내가 내린 결론은 문학을 해서는 안 되겠다는 것이었다. 문학을 즐기는 것은 좋지만, 문학을 전문적으로 분석, 비평하고 생산하는 학자는 힘들겠다는 자가진단이 내려진 것이다.

3학년이 될 무렵 나는 스페인어에 대단한 흥미를 지니게 되었다. 마침 다니던 학교에 스페인어학과가 개설되어 수업도 듣고 친구들을 만날 수 있어서 자연스럽게 스페인어 과목을 다수 수강하게 되었다. 당시 한남동에 있던 스페인 문화원에도 자주 가서 스페인 음악과 영화를 감상하였고, 콜롬비아에서 살다온 친구를 만나게 되어 아주 새로운 공부를 할 수 있었다. 그러나 막상 4학년이 되면서 진로에 대한 고민은 더욱 깊어졌다. 스페인어를 더 공부하기 위해서는 당시 대학원이 개설되어 있지 않아서 다른 학교로 진학해야 했는데, 주변의 반응은 부정적이었다. 어차피 언어 자체에 흥미를 느끼는 것뿐이었으므로 내가 다니던 학교의 영어영문학과 대학원으로 진학하기로 결심을 굳혔다.

영어로 세상을 꿈꾸다

대학원 진학을 준비하기 위해 다양한 언어들을 공부했다. 고등학교 1학년 때 독일어는 잠깐 배워본 적이 있었으므로 3학년 2학기부터 다양한 언어들을 접해보기로 했다. 그렇게 해서 중국어, 라틴어, 러시아어를 수강했고, 불어를 공부하는 학술동아리에 가입하여 불어를 집중적으로 공부하게 되었다. 개인적 선택은 아니지만, 동아리의 일정에 따라 불어로 된 〈어린왕자〉, 〈세기아의 고백〉, 〈지식인을 위한 변명〉 등 닥치는 대로 읽게 되었다. 그리하여 대학원에 진학할 무렵에는 스페인어, 중국어, 라틴어, 러시아어, 일본어, 불어 등을 주마간산 격이나마 접해보게 되었다. 그리고 선후배 동료들과 스터디그룹을 만들어 다양한 언어학 기초서적들을 강독하게 되었다. 물론 그 내용을 이해했다기보다는 선배들이 무서워 동아리 모임에 참석만 했다는 것이 더 정확한 표현이다. 당시에 읽은 책에는 〈세계 언어학사〉, 옐름슬레우의 〈언어학 서설〉, 소쉬르의 〈일반언어학 강의〉, 다우티의 〈의미론〉,

블룸필드의 〈언어〉 등이 있다.

그러던 어느 날 존경하는 교수님을 찾아가 대학원에 진학하고 싶다는 의사를 밝히며 이러저러한 책들을 읽고 있다고 말씀드렸다. 교수님께서는 웃으시면서, 대학원 시험이나 붙고 나서 책을 읽는 게 어떠냐고 하셨다. 시험에 떨어지면 아무 소용도 없지 않겠느냐고 하시면서 말이다. 즉 영어를 열심히 공부하라는 말씀이셨다. 4학년 1학기부터는 영어와 불어에 많은 시간을 할애하였다. 둘 다 진학시험에 포함되었기 때문이었다. 영어 에세이를 비롯하여 저명 작가들의 고전작품에 이르기까지 많은 양을 읽어냈다.

대학원에서는 대학에 들어와서 느꼈던 것보다 더 큰 실망감을 느꼈다. 교수님들의 강의는 알아듣기 어려웠다. 내가 아직 준비가 안 되었던 것이다. 앎의 기쁨은 그리 크지 않았다. 어떤 문제가 제기되었을 때 명료한 해답이 제시되는 것 같지도 않았다. 그렇게 실망스런 1년을 보내면서 겨우 논문을 완성하고 다시 박사과정에 진학하게 되자, 나는 일종의 한계를 느끼게 되었다. 이렇게 계속 같은 자리에 머물다가는 아무런 희망도 없을 것 같았다. 영어의 통사구조에 대한 공부에 흥미를 느끼고 더 공부하고 싶은 욕심도 있었지만, 같은 학교에서 10년 이상 머물면서 공부하는 것은 아주 끔찍했다.

그렇게 해서 유학을 위한 음모가 시작되었다. 시골의 부모님은 마뜩치 않아 하셨지만, 아들이 하는 일인지라 반대도 하지 않으셨다. 유학에 필요한 준비를 하고, 논문도 준비하면서 시간이 흘렀다. 1992년 처음으로 미국의 보스턴에 발을 디뎠다. 모든 것이 낯설고 어렵고, 두려웠다. 공부도 만만치 않았다. 강의는 알아들을 수 없었고, 내가 써낸 논문 초안들은 칭찬을 받지 못했다. 실패에 대한 공포가 매일매일 나를 엄습했지만, 그것을 아내에게 내색할 수는 없는 노릇이었다.

그러나 1년이 흐르면서 서서히 적응해 가는 나를 발견할 수 있었다. 강의는 재미있어졌고, 때로는 교수님의 너무나 훌륭한 강의로 인해 세상이 밝아지는 것을 느끼기도 했다. 샘솟는 아이디어를 표현할 수 없어 입술이 바짝바짝 타들어가는 것을 경험하기도 했다. 영어로 꿈을 꾸었고, 영어로 논문을 발표하는 신나는 꿈을 꾸다가 잠을 깨어 허망함을 느끼기도 했다. 꿈속에서처럼 문제를 해결하면 될 텐데 하는 그 아쉬움은 겪어보지 않은 사람은 알 수 없을 것이다. 샤워를 하다가 아이디어가 떠오르면 온몸에 비누를 묻힌 채 종이에 아이디어를 적어 놓기도 했다. 이러한 경험들은 나뿐만 아니라 유학생 대부분이 한 번쯤은 겪어봤으리라.

차츰 논문들이 정리되었고, 학회에서 논문을 발표하는 기회들이 많아졌다. 가난한 유학생이었지만, 아내와 함께 여러 곳을 방문할 수 있어서 좋았다. 유명한 노암 촘스키 교수를 논문심사위원으로 모실 수 있어서 1주일에 한 번씩 논문을 지도받은 것은 개인적으로 영광이었다. 언어학 연구가 왕성하게 이루어지던 MIT 언어학과가 지척에 있어서 나는 동료들과 함께 매주 목요일에 진행되던 촘스키 교수의 강의를 청강하는 한편 논문 지도를 받는 행운을 얻었던 것이다.

이렇게 4년 반이란 세월이 흐르는 동안 박사학위를 받고, 나머지 6개월 동안은 MIT의 객원연구원으로 있으면서 그동안 하지 못했던 여러 가지 일들을 할 수 있었다. 학회에 참석하여 논문을 발표하고 가족들과 여행도 하면서 미국문화를 이해하고자 했다. 후에 학생들을 가르치게 되었을 때, 막상 내가 미국에 대해 아는 것이 있어야 하지 않을까 하는 생각에서였다. 박사학위를 받은 후 미국에서 보낸 6개월은 그런 면에서 참으로 소중한 기간이었다. 학문적으로도 정해진 주제로 학위논문을 쓰는 것과 달리 아무런 제약 없이 생각나는 주제를 연구할 수 있어서 이 또한 새로운 즐거움이었다.

study #03

무한한 발견의 즐거움을 느끼다

정확히 5년을 미국에서 보낸 후 중앙대학교의 영어영문학과에 부임하였고, 벌써 많은 시간이 흘렀다. 그 사이 나는 영어와 한국어를 포함한 여러 언어의 통사적 특성들을 밝히는 연구를 계속해 왔고, 몇 권의 저서와 논문들을 썼다.

나는 학문의 즐거움이 곧 발견의 즐거움이라 생각한다. 언어를 연구하는 사람으로서 영어와 한국어, 혹은 다른 언어들을 비교하면서 아직까지 밝혀지지 않았던, 혹은 덜 알려진 특성들을 발견하여 학계에서 발표하고 인정받는 데서 즐거움과 보람을 느낀다. 그리고 수업을 통해 학생들과 교감하고 발견의 기쁨에 동참하게 하는 것은 더 큰 보람이자 기쁨이다.

많은 제자들이 함께 공부했고, 유학을 갔고, 또 돌아와 동료가 되었다. 나보다 더 능력 있는 후배와 제자들을 보면서, 학문의 무한한 힘과 매력을 확인한다. 언어 연구는 시간과 함께 끝나지 않는다. 언어가 변하

기 때문이기도 하고, 연구자들이 새로운 영역을 개척하기 때문이기도 하다. 그런 의미에서 영어학은 늘 시작일 뿐이다. 이름이 바뀌고, 대상이 바뀔 수는 있으나 영어학, 언어학은 계속될 수밖에 없다. 인간의 본질을 가장 잘 드러내 주는 것이 언어라고 한다면, 언어의 연구는 곧 인간의 연구이다. 호기심의 동물인 인간이 자신에 대한 연구를 중단할 리 없다.

게시판

영어영문학 관련 학과가 있는 대학들

학교에 따라 영어영문학과, 영어과, 영어통번역학과 등의 명칭으로 개설되어 있습니다(자료출처 : 2018년 대학알리미).

지역	학제	대학
서울	4년제	건국대, 경기대, 경희대, 고려대, 광운대, 국민대, 단국대, 덕성여대, 동국대, 동덕여대, 명지대, 삼육대, 서강대, 서경대, 서울대, 서울시립대, 서울과학기술대, 서울여대, 성공회대, 성균관대, 성신여대, 세종대, 숙명여대, 숭실대, 연세대, 이화여대, 중앙대, 총신대, 한국방송통신대, 한국외국어대, 한성대, 한양대, 한영신학대(선교영어학과), 홍익대
	2, 3년제	명지전문대, 배화여대, 서일대, 인덕대, 한양여대
부산	4년제	경성대, 고신대, 동서대, 동아대, 동의대, 부경대, 부산대, 부산외국어대, 동명대, 신라대, 영산대, 한국해양대
	2년제	부산경상대(호텔비즈니스영어과)
대구	4년제	경북대, 경북외국어대, 계명대
인천	4년제	인천대, 인하대
광주	4년제	광주대, 광주여대(어린이영어교육학과), 전남대, 조선대, 호남대
대전	4년제	대전대, 목원대, 배재대, 충남대, 침례신학대, 한남대, 한밭대
울산	4년제	울산대
제주도	4년제	제주대
	3년제	제주한라대
경기도	4년제	가톨릭대, 강남대, 경기대, 경희대, 단국대, 대진대, 서울신학대, 성결대, 수원대, 아세아연합신학대, 아주대, 안양대, 용인대, 한경대, 한국외국어대, 한국항공대, 한세대, 한신대, 한양대, 협성대

	2, 3년제	경기과학기술대, 동남보건대, 수원과학대, 수원여대, 신구대, 안산대, 신흥대, 여주대, 용인송담대, 오산대, 장안대, 한국관광대, 한림성심대
강원도	4년제	강릉원주대, 강원대, 상지대, 연세대, 한라대, 한림대
	3년제	한림성심대
충청도	4년제	건국대, 건양대, 고려대, 공주대, 극동대, 남서울대, 단국대, 백석대, 서원대, 선문대, 세명대, 순천향대, 유원대, 중부대, 청운대, 청주대, 충북대, 한국교원대, 한서대, 호서대
	2년제	백석문화대
전라도	4년제	군산대, 동신대, 목포대, 원광대, 전남대, 전북대, 전주대
	2년제	광양보건대
경상도	4년제	경남대, 경남과학기술대, 경북대, 경상대, 대구가톨릭대, 대구대, 대구한의대, 대신대, 동양대, 영남대, 영산대, 위덕대, 인제대, 창원대, 한동대
	2년제	영남외국어대

영어교육학 관련 학과가 있는 대학들

사범대학의 영어교육과는 4년제 대학에만 마련되어 있습니다(자료출처 : 2018년 대학알리미)

서울	고려대, 건국대, 상명대, 서울대, 이화여대, 중앙대, 총신대, 한국외국어대, 한양대, 홍익대
부산	부산대, 신라대
대구	경북대, 계명대
인천	인하대, 인천대
광주	전남대, 조선대, 광주여대
대전	목원대, 한남대, 충남대
제주도	제주대
강원도	강원대, 가톨릭관동대
충청도	공주대, 서원대, 충북대, 한국교원대
전라도	순천대, 원광대, 전북대, 전주대, 세한대, 동신대, 목포대
경상도	경남대, 경상대, 대구가톨릭대, 대구대, 안동대, 영남대

MAP OF TEEN'S FUTURE PLAN

나의 미래 계획 다이어리

나를 알아보는 단계

미래 계획을 세우기 전에 나를 알아보는 것은 중요하다. 재능 있는 사람도 즐기는 사람을 당할 수 없다고 한다. 내가 가장 좋아하고 잘할 수 있는 일은 무엇일까? 자, 자신이 좋아하는 일들로 지면을 가득 채워보자!

보너스 문제

이것만은 절대 못 하겠다!

다른 건 어떻게 해보겠는데, 정말 하기 싫은 것이 있을 것이다.
눈치 보지 말고, 마음껏 적어보자!

본격적인 계획 단계– 목표 설정

나에 대해 알아보았으니 이제 본격적으로 자신만의 맞춤 계획을 세워보자. 먼저 자신이 무엇을 하고 싶은지 적어보자. 목표가 확실하지 않으면 계획을 진행하기 어렵기 때문에 신중히 생각해야 한다.

실행 단계

목표를 정했으니 이제 거침없이 계획을 진행해 보자. 자신이 세운 목표를 이루기 위해서는 어떤 일들을 해야 하는지 적어보자.

나의 목표 - 방학 동안 체중 5kg 감량

계획

저녁은 오후 7시 이전에 먹는다. → 저녁은 안 먹지만 야식은 먹는다.
일주일에 3번 이상 줄넘기를 한다. → 일주일에 3번 이상 줄만 간신히 넘는다.
군것질을 줄인다. → 군것질은 줄었지만 외식이 늘었다.

단, 계획이 잘 실행되고 있는지 수시로 체크하는 것이 중요하다!

10년 후 나의 모습

이렇게 계획을 세우는 것만으로도 마음이 든든하다. 이 든든한 마음을 가지고 10년 후 자신의 모습을 생각해 보자!

장영준 교수님은....

현재 중앙대학교 영어영문학과에서 학생들을 가르치고 있다. 영어를 포함한 인간의 언어에 관심을 갖고 연구하고 있으며, 이 분야에 대해 〈뫼비우스의 꿈〉, 〈언어 속으로〉, 〈언어의 비밀〉 등 여러 권의 책을 썼다. 또한 중학교 영어교과서와 〈그램그램 영문법 원정대〉를 썼으며, 중앙일보에 칼럼 〈영어야 놀자〉 등을 연재한 바 있다.

나의 미래 공부 07
MAP OF TEENS MT 영어영문학

초 판 1쇄 펴낸날 2008년 8월 1일
개정판 3쇄 펴낸날 2018년 3월 20일

저자 장영준
펴낸이 서경석

책임편집 정재은 **마케팅** 서기원 **제작 · 관리** 서지혜, 이문영
디자인 All Design Group **일러스트** 문수민
펴낸곳 청어람장서가 **출판등록** 2009년 4월 8일(제 313-2009-68호)
주소 경기도 부천시 원미구 부일로483번길 40(우)14640
전화 032)656-4452 **팩스** 032)656-9496

정가 13,000원
ISBN 978-89-93912-75-3 44840
978-89-93912-66-1(세트)